月亮与篝火

〔意大利〕切萨雷·帕韦塞 著
陆元昶 译

译林出版社

图书在版编目（CIP）数据

月亮与篝火 / （意）帕韦塞著；陆元昶译．—南京：译林出版社，2016.6

ISBN 978-7-5447-6308-0

Ⅰ.①月… Ⅱ.①帕… ②陆… Ⅲ.①长篇小说－意大利－现代 Ⅳ.①I546.45

中国版本图书馆CIP数据核字（2016）第082434号

书　　名 月亮与篝火
作　　者 〔意大利〕切萨雷·帕韦塞
译　　者 陆元昶
责任编辑 王振华
特约编辑 苑浩泰
出版发行 凤凰出版传媒股份有限公司
译林出版社
出版社地址 南京市湖南路1号A楼，邮编：210009
电子信箱 yilin@yilin.com
出版社网址 http://www.yilin.com
印　　刷 三河市中晟雅豪印务有限公司
开　　本 640×960毫米　1/16
印　　张 15
字　　数 133千字
版　　次 2016年6月第1版　2023年10月第3次印刷
书　　号 ISBN 978-7-5447-6308-0
定　　价 36.00元

前　言

意大利新现实主义的代表人物、作家、诗人、翻译家切萨雷·帕韦塞（Cesare Pavese，有人译为帕维泽，帕韦塞较接近意大利语的发音）的代表作《月亮与篝火》终于由陆元昶先生译为中文，这是一件很值得高兴的事。这部小说写于一九四九年九月到十一月，第二年一出版即引起广泛反响，很快于六月二十四日获得斯特雷加奖，作者被认为是战后意大利最伟大的作家之一。人们普遍认为他与蒙塔莱（一九七五年获诺贝尔文学奖）是意大利当时最伟大的两位作家。因此可以说，这部小说直接从意大利文译为中文填补了意大利文学译介方面的一个空白。

《月亮与篝火》以回忆的方式描写了鳗鱼的回乡之行，故事简单，文字简洁，但内容极为丰富，值得反复琢磨品味。“鳗鱼”是个私生子，不知姓氏和名字，更不知道自己的父母是什么人，人们以这一外号称呼他。儿时他被领养，因养父破产，十三岁就到一个农场做工。成年后服役到大城市热那亚时结识了反法西斯战士，为躲避当局追捕移民到美国。虽然赚了钱，却不能缓解对故乡的眷恋，他决定结束漂泊，返回故乡，寻找自己的根，寻找自我存在的感觉，寻找使自己感到安定、赋予生活以意义的某种东西。正如小说一开始所写的："一个人疲倦了，于是努力扎下根，为自己创造土地和家乡。"人们认为，这部小说含有很多自传成分，作家于一九五零年八月二十六日自杀后，人们在他的日记中看到，作家曾多次自问：到底应采取什么样的生活态度才能主宰自己的命运，摆脱孤独，走向幸福；一个人应该为谁而活，为什么而活，怎样生活才有价值。因此，这部小说可以认为是作家思考人生价值的结晶。

小说以无顺序的方式描写这个四十岁的游子的返乡之行，大致可分为三大部分。从开头到第十三章回忆儿时情景。他返乡后遇到的儿时朋友中唯一活着的人是努托，由他带领着到处看，所见所闻成为回忆的由头，回忆不断变化，比较杂乱，像镶嵌画的碎片，拼接起来成为一幅色彩斑斓的风情画。回忆中夹杂着对目前情景的描写，展现出物是人非的凄凉和过去与现在的巨大差异。第二部分由对加米奈拉的回忆转为对莫拉做工时期的回忆，比前一部分的回忆较为有序、细致、清晰，也更有逻辑，眼界更开阔：打工的劳累、生活的艰辛、对异性的朦胧关注等等，有时整章叙述一个女性的故事。鳗鱼到热那亚后接触到了大城市，到美国后接触到了"新世界"，这是与自己原先的世界完全不同的世界。在那个新世界，"所有的人都是私生子”，人的根没有价值。返回故乡后的对比使他得出结论：回到故乡生活已不可能。这一结论使这一部分的叙述以痛苦的语调结束，开始了第三部分。第三部分描写了青少年时期认识的所有人物的悲惨结局，尤其是马泰奥三个女儿的经历和死亡，这些描写甚至比对鳗鱼养父母的描写还要详尽。最后写到小女儿桑蒂娜的曲折经历和死亡，这使他感到，他与故乡的最后联系已不复存在，同故乡的情感联系已不复存在，根本不可能再回到故乡，寻根、寻找安定已不可能。所有这些像拼图游戏，将最后一块拼上之后就成为一幅完整的画。其实，读者没有必要费这份心思，因为回忆中的每一个片段、每一种思索和感受都可以看作是独立的，不必去考虑它们相互之间的关联，这样做并不会影响对整部作品的理解，反倒可以品味出更多的东西。另外，任何艺术作品都是开放的，不同的读者在这样的拼图面前有不同的感受，甚至同一读者在不同时间阅读时也会有不同的感受。作家描绘的这个复杂、无穷无尽的农民世界使读者像游览一座城市一样，可以反复游览，可以去辨认一些面孔，去理解一些人物，获得不同的感受，得出不同的结论，取得对这一世界的更深入的了解。可以说，拼图的“碎片”越多，拼接成的画面就越丰满，给予读者的东西也就越多。这部不到十万字的小说正属于这种情况，作者十分惜墨，内容却极为丰富，给予读者的东西并不亚于一部长篇巨著。

小说描写的时间跨度约在三十年左右，这正是意大利二战前后最困难的时期。法西斯专政和穷兵黩武给国家造成重大灾难，反法西斯抵抗运动取得了重大成绩，但也因政党间的分歧造成社会种群间的不同意见和相互敌视，战争结束后，人们极力想忘记战争的恐怖，竭尽全力争取创造新未来。这一段的后期正是为未来的经济奇迹创建基础的年代，也是很多人移民美国寻求新生活的年代。小说所描述的事件的背景有两个基本要素和灵魂：农民的贫困和悲惨命运以及反法西斯抵抗运动。第一个因素贯穿于整个回忆过程，瓦利诺的故事最为典型，这个人因贫穷而暴怒，无端殴打家人，最后杀死全家，放火烧毁家园，上吊自杀，只有钦托因鳗鱼赠送的刀子救了自己。他的命运就是当地农民悲惨命运的集中体现，这样的命运在当地一直循环往复，没有多大变化。值得一提的是，在意大利新现实主义文学作品中，描写农民的贫困和悲惨命运是一项重要内容，但绝大多数写的都是相对落后的南方地区，而这部新现实主义小说勇敢真实地再现了北方地区的真实状况，难能可贵。第二个因素的描写也与大多数新现实主义文学作品有所不同，不是直接描写反法西斯抵抗运动的战斗生活，而是描写这一运动在这一地区的影响。从努托身上反映出，这一运动并没有带来人们所希望的变化，新意大利的诞生是不可能的。

小说的叙述风格非常特殊，不按时间顺序进行，而是按回忆和与努托的对话展开，议题不断变化，有时偶然想起一件事，即以此为由头展开回忆。现在与过去交替进行，但两者并非互不关联，而是互相呼应。现在是回到过去的由头，同过去的对比又可回到现在，展现发生的巨大变化，更显出过去的遥远以及与现在的反差，熟悉的故乡成了一个不认识的世界。回忆、感受、思索、推测、真实的故事等等因素频繁变幻，既增强读者的好奇感，吸引读者，又生动地描绘了一个遥远神秘的世界，鲜活地记录了一个时代：山川大地，草木庄稼，家禽动物，民间风俗，神秘信仰，宗教活动，节日庆典，辛苦劳作，家庭悲剧，生活的艰辛，地主的盘剥，农民的闭塞，神父的圆滑，女人的不幸，纨绔子弟的骗钱骗色，努托等年轻人的愤慨、不甘和抗争，如此等等。字里行间饱含着鳗鱼对儿时亲友的惦念，对贫苦农民的同情，对公平正义的渴望，深情地将一幅色彩斑斓的风情画，一个神秘、遥远、封闭、人们的命运循环往复个人无法支配无法改变的世界以及鳗鱼返乡后的真实感受和挫折感活灵活现地展现在读者面前，使读者可以清清楚楚地感受到这一世界的气息和物是人非的变迁。小说对这一世界的描绘是那样清晰、纯真、精细、切身、沉痛，那样令人痛心，那样令人绝望，那样折磨人，那样富有诗意，那样具有感染力。几乎可以说，这部小说就是作家的忏悔录，甚至可以从中找到作者在小说出版后不久自杀的原因。小说的叙述有快有慢，有张有弛，故事有长有短，叙述有繁有简；回忆中夹杂着对比、推测和思考；既有普遍的场景，又有特殊事件，对一些细节以及细节所触发的感受和思索进行详尽描写，展现令人难忘的社会状况，反映出农民的典型生活；一件事中间又插入另一件事，使节奏放慢，特别是结尾，交代了所有人的结局后戛然而止，并不交代鳗鱼是去是留。作家的结论很明确，只是没有明写出来，留给读者自己去思考，让人感到值得回味咀嚼。

鳗鱼的返乡是有原因的，小说用一定的篇幅描写了他在美国的生活。在美国，他生活于完全被城市价值主宰的环境中，为追求物质的满足而不断迁徙奔波，无所归依，缺乏归属感，只有疏离感和寂寞。车辆故障后在荒漠中孤立无援就是这种生存状态的集中体现，反映了工业化社会人们道德缺失、人性扭曲的真实状态。即使是那里的农民也丧失了自然世界的韵律，那里的女孩子们骑着自行车或乘坐汽车到城市，不知道一头山羊、一条河岸是什么东西，与鳗鱼故乡的情况完全不同，所以他才产生了返回故里的愿望。但是，返乡后发现已经物是人非，本是去寻根，却发现已经没有植根生存的土壤。小说写到故乡的山水和大环境时，将鳗鱼返乡后的感受写得淋漓尽致，但写到人时则是完全沉痛的笔触。这让他感到，这里既有变化，又好像没有变化，变的是人，没有变的是物和生活节奏，是人无法摆脱的悲惨命运；他所熟悉的那个世界及其和谐的生活已经被破坏，他原先所熟悉的农民世界已经十分遥远，不变的农民世界就要消失。鳗鱼从这两个世界的不同看到了工业化社会与农民世界的对立以及前者给后者造成的破坏。后者是舒缓的，合理的，按自然时刻劳作，依时而为，相信人与自然的和谐，人与人之间拥有手足之情；前者是快捷的，严厉的，不按自然时间作息，而受以工业生产为首要目标的社会的制约，以强大的机器为手段去“征服”自然，将生产者变为消费者，使人被扭曲，被异化，成为生活的奴隶。因而得出的结论是，农民世界是在城市文明和现代化的冲击下走向消失的，虽然这种冲击显得说不清道不明，但它一露头就显得那么危险，加米奈拉被烧毁就是这种危险的证明。在战后意大利经济恢复刚刚开始的时刻，真正的现代化还处于起步阶段之时，作家就敏锐地看到了农民世界与城市和工业化之间的对立。他曾指出，都市化和文明化是进步和美好的象征，但历史在前进过程中会给人们带来痛苦和约束。这些看法在这部小说中已充分体现出来。他的这一思想与卢梭的思想一脉相承：文明和进步腐蚀人类，使人难以痛快。文明进步和现代化无疑使人类生活发生了巨大的变化，但是，应该看到任何事物都有两面性，只看到积极的一面而忽视消极的一面会造成不可挽回的后果。这一点从一只小小的节能灯也可以看得清清楚楚：节能灯节省了能源，有利于可持续发展，但一只节能灯废弃后会污染一百八十吨水。只看到节能的一面，无疑会忽视后续处理，会带来一系列新问题，其他更大的科学发明和文明进步就更值得认真思考了。作家只有对人的生存和人类的发展进行深入思考，写出的作品才有可能给读者以具有哲学意味的启迪，而不是使读者像小孩子看电影一样只知道哪个是好人哪个是坏人。

小说几乎完全是鳗鱼的叙述，通过叙述不仅描绘了一个时代和农民世界的变迁，也塑造了很多活生生的人物。比如在贫困中挣扎的农民和马泰奥的三个女儿等等，所有这些人个个命运悲惨，摆脱这一命运活下来的只有努托和钦托。钦托因家贫致残，却顽强生活，家人的死亡使他成熟起来，努力摆脱无知和可悲的命运。他捡到两张纸牌，他希望能再捡到另外那些牌，以凑成一整副牌。这不仅使读者读来感到心酸，更反映了这个孩子的坚强与乐观。鳗鱼（真正的鳗鱼生活在河川之中，洄游到海洋产卵，生命力极强，作者给这个私生子起这样一个外号，看来并非随意）从他身上看到了自己的身影，因此对他格外关注，想方设法帮助他，使他开阔眼界，最后将这个可怜的孩子安排好之后才离开故乡，表现出了对这个孩子的关心和对他寄予的期望。对努托的描写更为细致，使之成为小说中最为复杂的一个人物。他机智聪明，对农民世界了然于心，从儿时到成人始终是鳗鱼的一个参照物。他是一个社会党人，社会和政治意识很强，他了解农民的艰辛，清楚农民贫困的原因和他们在各个方面所持的立场，对法西斯分子和反法西斯游击战士也很熟悉，常同圆滑的神父争吵，对战后的局势有清醒的认识。他始终坚信只有通过自己的努力才能得到尊重，将全部精力投入实现自我的过程之中，努力设法改变农民循环往复的命运。这是因为，他坚信现在的世界“被造得错了，所有的人都有义务去改变它”。鳗鱼返乡后遇到的努托更成熟，更明智，更理解农民生活的艰难，可以带领鳗鱼游览故乡，回顾过去。他是农民世界的代表，是鳗鱼的朋友和导师，像《神曲》中的维吉尔一样，在人生旅程的中途充当了但丁的带路人。但是，努托也有缺陷，他不知道河的另一岸发生了什么，他仍然闭塞。他还说，月亮“不管愿意不愿意，必须相信它”，他也和当地的农民一样相信月亮和篝火的神秘力量。这样一来，这个人物是一个活生生的人，而不是那种不食人间烟火、无比高大的正面“英雄”。

人们推测，努托这个人物的原型是反法西斯游击战士、反法西斯抵抗运动史专家、作家的朋友皮诺洛·斯卡廖内，他在一九四九年收到帕韦塞的很多信，要他澄清过去的很多事，特别是，一些家庭为什么要领养私生子等等。斯卡廖内当时并不知道作家要这些东西的用意，作家死后，他才理解，作家不想编造故事，而是要写现实中实实在在的事。意大利新现实主义作家的主张正是如此，他们认为“生活就是艺术”，要按生活的原貌反映生活，创作不是编故事，而是生活的实录，要表现真实的人及其社会关系，通过故事、人物、人与人之间的关系等等反映事物的内在本质，而不是只去写浪漫主义的幻想。帕韦塞也深受真实主义作家维尔加的影响，真实主义认为，生活像一匹花布，剪下一块就可以缝制成衣服，不需增减图案，无需改变色彩。这部小说完美地体现了这样的主张。文学创作不同于政治宣传和政府公文，如果先立一个主题，然后根据主题的需要去编故事，或者编故事直接去解释政策，会造成故事虚假，人物脸谱化，各类人物都有“标本”，无须作者塑造，照葫芦画瓢就可以，人与人之间的关系格式化、简单化、政治化，“好人”“坏人”一目了然，看了开头就可猜到结尾。这样的“文学作品”只会使读者感到弱智，不能促使人成熟，创作的路子也会越走越窄，黄世仁后再无鲁四老爷那样的地主，大春之后难见闰土身影。说是要为政治服务，但因缺乏感染力，效果大打折扣。而《月亮与篝火》正是由于如实地记录现实生活才使故事真实，人物栩栩如生，人物之间的关系细腻、复杂，无论故事本身还是其中的人物都更有感染力。

小说包含了很多隐喻和象征，树根、水井、锄头、马厩、阳台、广场、打谷场、加米奈拉山的轮廓等等，都是某种含义的外表象征，读者能从对这些事物的描写中体味到一种含义。小说的名字更为明显，月亮和篝火都具有象征意义。月亮在古代代表众神，向月亮献祭时要用篝火，月亮的亏盈也是农民耕作的重要参照。篝火是农民生产生活中的重要因素，放火烧荒是施肥的一种方式。农民认为，篝火可以祈雨，增加收成。没有月亮和篝火，鳗鱼所惦念的那个农民的世界就没有意义，他自己的生活也就没有意义。无论是瓦利诺烧毁家园的大火，还是烧死桑蒂娜的火，都可以说是旧意大利死亡的象征，但是，游击队员们用生命换来的新意大利并没有就此而诞生。小说的最后以火结尾，桑塔被烧死，“第二年这里还有痕迹，就像是一堆篝火的底子”。这一结尾无疑使鳗鱼十分痛心，象征着他将与这个世界永远告别。因此，这部小说的名称并非只具有田园意味，而是包含了小说的深刻主题：回到过去已不可能。这一结尾是痛苦的，鳗鱼的结论似乎也是痛苦的、消极的：在认识了文明、进步、工业化的世界之后，再回到农民那样简单原始的生活已不可能，那种生活已很遥远，已被摧毁。但是，结论也可以是积极的：如果鳗鱼只想回来看看，做一次“了解之行”，而不是“回归之行”，那么，这次返乡之行应该说很有成果，使他更加成熟。读者读过这部小说之后不是也会更加成熟吗？

帕韦塞是意大利战后初期一位重要作家，他的诗歌和小说创作对当时以及随后一段时间的意大利作家影响很大。但作家本人很不幸，正值创作高峰时突然自杀，令人惋惜。帕韦塞一九零八年出生于意大利北方库内奥省圣斯泰法诺-贝尔波小镇的一个小资产阶级家庭，儿时随父母居住在都灵市。六岁时父亲去世，母亲管教严厉，母亲去世后又在姐姐家生活，这使他形成忧郁内向的性格。在都灵读中学和大学时，他常回故乡度假，家乡所在的地区是风光秀丽的朗盖丘陵地区，《月亮与篝火》描写的就是这一地区。乡间的风土人情和农民的辛苦劳作给他留下深刻印象，而在大城市生活使他体会到城市对人的异化，这些都深深地影响到他以后的文学创作。在都灵大学文学系学习时，他的老师是俄罗斯文学专家、文学评论家莱奥内·金兹伯格，其妻是著名作家纳塔莉娅·金兹伯格。一九三二年毕业后从事英美文学翻译，他翻译介绍的作家有笛福、乔伊斯、狄更斯等，他翻译的美国作家梅尔维尔的长篇小说《白鲸》在意大利至今仍是经典译本，他的博士毕业论文谈的是惠特曼的诗，他的翻译促进了意大利文学的发展。他还翻译了弗洛伊德、荣格等名人的作品，为繁荣意大利的文化作出了贡献。二零零八年九月九日，意大利邮政发行了一枚纪念他诞辰百年的邮票，算是对他的贡献的承认。大学毕业后他曾在私人学校教授英文，在著名的艾瑙迪出版社工作，任《文化》期刊编辑。一九三五年因查封《文化》时发现他与共产党地下工作者的通信，被流放到南方，返回后发现，他在“自由与正义”这一反法西斯组织中活动时认识的恋人已同别人成婚，为此他曾想自杀。一九四六年他加入了意大利共产党。帕韦塞三十年代即开始写诗，四十年代出版了第一部小说，一九四七年的小说《同志》获斯特雷加奖。《月亮与篝火》是他的代表作，出版后很快获得同一奖项。但是，报刊对此没有过多报道，反而大报特报他同一个美国女演员的恋情，这使他感到极为失望，认为人们不关心他的文学成就，不承认他的业绩，在四十二岁生日前两周在都灵的罗马旅馆 303 号房间上吊自杀。可以说，正是那些不讲道德的八卦小报的记者引发了他的自杀念头。去世前五天他给好友卡尔维诺写信说：“您在我书中发现的那种对过去平静生活的回忆和思念，是以我一生的清苦为代价换得的，为此我今天晕倒在地。”这对理解他的自杀和他的这部代表作有一定参考价值。他的突然死亡令人惋惜，他的作品译介到我国来的很少，只有翻译家吕同六和钱鸿嘉从意大利文翻译过他的十几首诗，而这两位先生都已过世，这也令人叹息。应该感谢出版社策划选题的同志和陆元昶先生，希望这次只是一个开头，以后能有更多的帕韦塞作品由意大利文直接译为中文出版。

刘儒庭

人名表

教父：主人公的养父，姓名不详。
维尔吉利亚：主人公的养母。
安乔利娜：养父母的大女儿。
朱利亚：养父母的小女儿。
鳗鱼：本书第一人称主人公“我”，姓名不详。

努托：木匠。

瓦利诺：农民，他一家现在住的就是教父当年的房子。
门蒂娜：瓦利诺的妻子。
罗西娜：门蒂娜的妹妹，门蒂娜死后，她与瓦利诺同居。
外婆：罗西娜的母亲。
钦托：瓦利诺最小的儿子。

骑士

上士：负责当地治安的宪兵上士。

女教师

马泰奥先生：莫拉农场的主人。
埃尔维拉：马泰奥先生的妻子。

伊莱奈：马泰奥先生与前妻所生的女儿。
西尔维亚：马泰奥先生与前妻所生的女儿。
桑塔：昵称桑蒂娜，马泰奥先生与埃尔维拉所生的女儿。

尼科莱托：埃尔维拉的姨妈的儿子，会计师。
朗佐奈：莫拉的农场管理人。
齐利诺：莫拉的仆人。
埃米利亚：莫拉的女佣，负责室内劳动。
赛拉菲娜：莫拉的女佣。

泰莱萨：鳗鱼当兵时的女友。
罗萨娜：鳗鱼在美国时的女友。
诺拉：鳗鱼在美国时的女友。

老妇人：伯爵夫人，鸟巢的主人。
切萨利诺：老妇人的一个孙子。
托马西诺：鸟巢的仆人。

别墅的夫人：农场主，教父的房子后来归她所有。所以瓦利诺是她的佃农。

皮奥拉：一户人家的姓，有时用这个姓专指这个人家的一个男孩，他是钦托的朋友。

莫罗奈：也是一户人家的姓。

地名表

营房：游击队的指挥官。

亚历山德里亚：城市，是皮埃蒙特大区的亚历山德里亚省的首府。

阿斯蒂：城市。

阿尔巴：城市。

加米奈拉：山丘，教父家在这里。

萨尔托：山丘，努托家就在这里，书中所写的萨尔托的房子至今保存完好。

圣格拉托：山丘。

卡奈利：村镇，该镇现有一条帕韦塞路，另有一个旅行社名叫“月亮与篝火农业旅行社”。

尼扎：村镇。

布比奥：村镇。

圣马尔查诺：村镇。

阿奎伊：村镇。

科萨诺：村镇。

卡罗索：村镇。

蒙提切罗：村镇。

科斯提约莱：村镇。

卡拉芒德拉纳：村镇。

奈伊维：村镇。

好建议：村镇。

圣斯泰法诺：村镇，全名是圣斯泰法诺-贝尔波，即本书作者帕韦塞的家乡，该镇现有一条切萨雷·帕韦塞路。

克莱瓦尔库奥莱：可能是个村镇。

贝尔波：河。

波尔米达：河。

塔拉诺：河。

莫拉：马泰奥先生家的农场和楼房的名称，楼房至今保存完好。莫拉（mora）这个词本义是摩尔人皮肤那种黝黑色，可能这楼房是因这颜色而得名。

鸟巢：老妇人的楼房的名称，房屋至今保存完好。

赛拉乌第：一个地名，应该也是个农场。

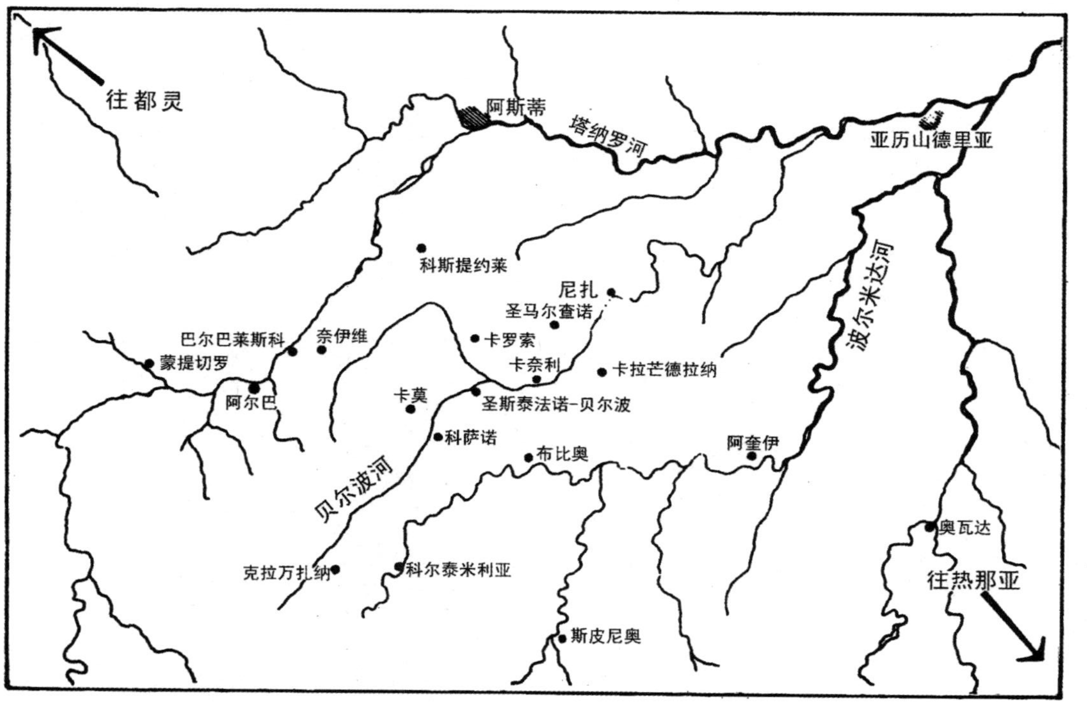

往都灵
阿斯蒂
塔纳罗河
亚历山德里亚
科斯提约莱
尼扎
圣马尔查诺
巴尔巴莱斯科
奈伊维
卡罗索
蒙提切罗
卡奈利
卡拉芒德拉纳
阿尔巴
卡莫
圣斯泰法诺-贝尔波
波尔米达河
科萨诺
布比奥
阿奎伊
贝尔波河
奥瓦达
克拉万扎纳
科尔泰米利亚
往热那亚
斯皮尼奥

目　录

献给安杰罗·卡斯泰利

为了一次仍然要做的旅行。仍然！

第一章

我为什么回到这个村镇，这里，而不是回到卡奈利、巴尔巴莱斯科或阿尔巴，有一个理由。我不是生在这里，这几乎是肯定的；我生在哪里，我不知道；在这些地方没有一栋房屋，没有一块土，没有一些骨头[①]，我可以说“这是我出生前的样子”。我不知道我是来自丘陵还是来自谷地，来自森林还是来自一幢有阳台的房子。将我留在阿尔巴的大教堂的台阶上的那

① 此处的骨头代指祖先的遗骸。

个女孩，也许也不是从农村来的，也许是一座宫殿的主人的女儿，或许是两个穷妇人将我装在采葡萄用的篮子里带到那里的，她们来自蒙提切罗，来自奈伊维，或者为什么不是来自克拉万扎纳？谁能说出我是由什么肉做成的？我走遍了世界，足以知道所有的肉都是好的和彼此相同的，但正是由于这样，一个人疲倦了，于是努力扎下根，为自己创造土地和家乡，以便使他的肉有价值，并忍受某个比季节的一次普通转换更多的东西。

如果说我在这个村镇里长大，我必须要感谢维尔吉利亚，感谢教父[1]，所有这些已经不在了的人，虽然他们抱了我并养大我，只是因为亚历山德里亚的医院付给他们每个月的费用。在这些山丘上，四十年前，有些被罚下地狱的人，他们为了要看见一块银斯古多，就在他们已经有的子女之外，使自己负担起医院的一个私生子[2]。有人领养一个女孩，为的是以后使自己有个用人并且能更好地使唤她；维尔吉利亚想要我是因为她已经有了两个女儿，而当我长大了一些时，他们希望能够进入一座大农场大家一起劳动并且过得好。教父当时有加

---

① 主人公鳗鱼把对养父的称呼 padrino（教父，代父）当成他的名字了。

② 本书写于一九四九年，所以，四十年前指的是二十世纪最初的那十年时间。被罚下地狱的人，这里指极穷苦的人，他们就像被上帝罚下了地狱一样根本看不到希望。斯古多，第二次世界大战之前在意大利流通的一种银币，值五里拉。

米奈拉的小房子——两个房间和一个牛圈，山羊和长着榛子树的河岸。我和女孩们一起长大，我们相互抢玉米糊，我们睡在同一张床垫上。大女儿安乔利娜比我大一岁；只是在十岁时，冬天里，维尔吉利亚去世时，我才偶然知道我不是安乔利娜的弟弟。从那个冬天开始，懂事的安乔利娜就不得不放弃和我们一起在河岸上和树林里转；她操持着家，做面包和奶酪，她去市政府取我的那个斯古多；我对朱利亚吹嘘说自己值五个里拉，对她说她结不出任何东西来，并且问教父为什么我们不再领一些私生子来。

这个时候我知道我们是些穷人，因为只有穷人才养医院的私生子。在这之前，我上学的时候，别的孩子说我是私生子，我以为这是个和胆小鬼或流浪汉一样的名字，就立即也这样回答他们。但我已经是个长大的男孩，市政府不再付给我们那个斯古多了，而我还没有很好地明白，不是教父和维尔吉利亚的儿子就意味着我不是生在加米奈拉，不是像女孩们一样从榛子树林下或从我们的山羊的耳朵里钻出来的。

前年，当我第一次回村里时，我几乎是偷偷地来重新看看榛树林。加米奈拉的山丘，一道由葡萄园和河岸构成的长长的不中断的山坡，一道抬起头来看不到顶的难以感觉到倾斜的斜坡，就像是被冬天剥了皮，展示出土地和树干的裸体画。

而在坡的顶上，谁知道什么地方，又有别的葡萄园、别的树林、别的小道。我在干燥的光亮中清楚地看到，巨大的山丘向着我们的山谷最终到达的卡奈利降下来。我沿着贝尔波河边的小路，到达小桥那里的葡萄架，到达芦竹丛。看到在路边的窄田上那用被熏黑的大石块砌的小房子[①] 的墙，歪斜的无花果树，空空的小窗户，我想到那些可怕的冬天。但是在周围，树木和土地都有了变化；茂密的榛树林消失了，变成一片高粱的残株。从牛圈里传出一声公牛的叫，在夜晚的寒冷中我感觉到一种牲畜粪便的气味。此刻在小房子里的人不再是如同我们这样的乞丐了。我一直指望着见到某种类似的东西，或者说是希望小房子已经垮掉；有许多次我在桥的栏杆上想象着问自己，怎么可能在那洞穴里，在这不多的几条小路上，放着羊，寻找着滚到河岸边的苹果，坚信世界就在道路俯临贝尔波河的那个拐弯处结束，就这样度过了这么多年？但我没有预料到会再也找不到榛树林。这意味着一切都结束了。这一新奇事使我沮丧得不喊叫，也不进打谷场。我渐渐地明白，不生在一个地点，不在自己的血液中拥有它，不与老人们一起已经被半埋在这里，意味着什么，而一种耕作的改变并不重要。当然，还有一些榛树林留在那些山丘上，我还能在那里重新找到我自己；如果我是那河岸的主人，也许我自己会把

① 也就是教父家当年的那小房子。

它细细耕耘并种上庄稼，但在当时，河岸对我起到的是城市里那些房间的作用，在城市里人们租借房子，在那里生活一天或几年，然后当搬家后，房间仍然是空的、可支配的、死的壳子。

幸好那天晚上当我将背转向加米奈拉时，我面对着贝尔波河那边的萨尔托山丘，它的各个小山顶，那些一直到山顶才消失的大草地。而在更下的地方，也是遍布着被河岸分割成小块的贫瘠的葡萄园，树林、小路、分散的农场就和我曾经坐在小房子后面的梁上或是在桥栏杆上一天又一天一年又一年看到的一样。后来，在我为位于贝尔波河那边的肥沃平原上的莫拉农场做仆人，而教父在卖掉了加米奈拉的小房子后带着女儿们去了科萨诺[①]的所有那些年，一直到征兵，在所有那些年里，只要我从田地里抬起眼睛，就看到天空下的萨尔托的葡萄园。这些葡萄园也朝着卡奈利，朝着铁路的方向，朝着从晚到早沿着贝尔波河奔跑，使我想到奇迹，想到车站和城市的火车的汽笛方向降落下来。

就是这样，这个我并不出生于此的村镇，我在很长时间里一直相信它就是整个的世界。现在，在我已经真正地看过了世界，并且知道世界是由许许多多的小村镇构成的之后，

① 村镇，在卡奈利西南约八公里。

我不知道是不是从童年时我就弄错了，然后错得更多。在海上和陆地上转一圈，也就像我那个时候的年轻人去到周围村镇的集市上，跳舞，喝酒，斗殴，把旗子和打破的拳头带回家。采了葡萄，把它拿到卡奈利去卖；蘑菇收集了，被送到阿尔巴。这里有我在萨尔托的朋友努托，他供应整个山谷直到卡莫[①] 的大木桶和葡萄压榨机。这意味着什么？需要一个家乡，即使只是为了那种想要离开它的爱好。一个家乡意味着你不是单独的，意味着你知道在人群中，在树林里，在土地里，有某种你自己的东西，这东西就是当你不在这里时，也一直在等待着你。但是安心地住在这里是不容易的。我紧紧地盯着有一年时间，当可能时，我逃离了热那亚，我逃脱了。这些东西要靠时间和经历才能被理解。怎么可能到四十岁，等看过了整个世界后，还不知道我的村庄是什么？

有某种东西令我不能相信。在这里，所有的人都认为我回来是为了给自己买一幢房子，他们喊我美国人，让我看他们的女儿。对于一个在离开时甚至连名字都没有的人来说，我应该感到高兴，确实我感到高兴。但是还不够。我还喜欢热那亚，我喜欢知道世界是圆的，喜欢一只脚放在舷梯上。从我还是个孩子，在莫拉的栅栏边，倚着铁铲，听着大路上经过的游手好闲者们的闲谈那时起，对于我来说，卡奈利的

① 村镇，在卡奈利西南偏西约八公里。

小山丘就是世界的大门。与我相比，努托从来没有远离过萨尔托，他说想要做到生活在这山谷里，根本不需要走出去。正是他还是个小伙子时，就已经能够在比卡奈利更远处的乐队里吹低音单簧管，一直到斯皮尼奥，到奥瓦达[①]，在太阳升起的那地方。我们不时地谈论这些，他笑了。

① 斯皮尼奥，村镇，在卡奈利南约十五公里。奥瓦达，村镇，在卡奈利东南偏东约二十五公里。

第二章

这个夏天我在天使旅馆住下，在镇里的广场上。在镇子里不再有人认得我，因为我又高又大。我在镇子里也不认得任何人；我小的时候，人们不常来镇子里，他们在大路上，沿着街道，在打谷场上生活。镇子在谷地的高处，贝尔波河的河水在我的那些山丘下变得宽阔起来之前半小时，在教堂前流过。

我来是为了休息半个月，恰好是在八月的圣母节[①]。那更好，外地人的来去，广场的混乱和

① 也就是圣母升天节，在八月十五日。

嘈杂，这一切甚至都能把一个黑人掩藏起来。我听到人们喊叫，唱歌，踢球；天黑时，是焰火和鞭炮；人们喝了酒，狂笑了，游行了；在广场上连续三个夜晚，整夜都是跳舞，响着汽车声、短号声、气枪的爆炸声。和以前一样的声音，一样的酒，一样的脸。在人们的大腿之间奔跑的小男孩是以前的那些小男孩；大围巾，一对对的公牛，香水，汗水，女人穿在黑色大腿上的袜子，还是以前的那些。还有在贝尔波河岸的那些欢乐，那些悲剧，那些许诺。重新在从前，手里拿着第一个月的工资四个索尔多[①]，我冲进集市，冲到射击场，冲到秋千上，我们使那些扎着辫子的女孩哭泣，我们中没有一个知道为什么男人和女人、油头粉面的小伙子和高傲的女孩会相互见面，相互喜爱，面对面地笑，并且在一起跳舞。重新在现在，我知道了这些，而那个时间已经过去了。我离开谷地时，刚刚开始知道这些。留在这里的努托，萨尔托的木匠努托，我最初逃到卡奈利的同谋，后来十年里，在谷地所有的节庆、所有的舞会上吹单簧管。对于他来说，世界是一场持续十年时间的节庆，他知道各个村镇所有的醉鬼、所有的卖艺者和所有的欢乐。

一年以来，每次我逃跑，都去找他。他的家在萨尔托的

---

① 辅币名，值二十分之一里拉，这里的四个索尔多是说不多的几个小钱。本书中的数字“四”基本上不是确切的数字，而是“很少几个”、“不多的几个”的意思，如后文中的四根芦竹、四拃土地、四个蘑菇、四块骨头等。

半山腰，面对空旷的林荫道，有一股新鲜木头、花和刨花的气味。在莫拉的最初那些年里，对于来自一间小房子和一块打谷场的我来说，这气味就像是另一个世界：这是大路的，歌唱艺人的，我从来没有去过的卡奈利的那些别墅的气味。

现在努托已经结了婚，是个成熟的男人，劳动并且给别人事情干。他的家仍旧是过去那个房子，在太阳下发出天竺葵和苏铁的气味，窗子上和房屋的前面就垂挂着这些植物。单簧管挂在橱柜上；人走在刨花上；他们整篮整篮地把刨花抛在萨尔托山下的河岸——一条长着金合欢、蕨类和接骨木，在夏天总是干燥的河岸。

努托对我说过他不得不做出决定——或者木匠，或者歌唱艺人——于是在过了十年的节庆之后，他在父亲死时放下了单簧管。当我告诉他我去了哪里时，他说他已经从热那亚的人们那里知道了一些事情，并且告诉我在村子里人们曾经讲述说我离开之前在桥墩下发现了一只金座钟。我们开起了玩笑。“也许现在，”我说，“连我父亲都要跳出来了[①]。”

“你父亲，”他对我说，“你就是。”

“在美国，”我说，“有一个好处，就是所有的人都是私生子。”

“这也是，”努托说，“一件需要改变的事。为什么必须有

① 意思是人们甚至会说他是什么有地位的人的儿子。

人是没有名字没有房屋的？我们不都是人吗？”

“随他去吧。我成功了，尽管没有名字。”

“你成功了，”努托说，“没有人敢再对你谈这个了；可是那些没有成功的人呢？你不知道多少不幸的人仍然在这些山丘上。当我带着音乐到处转时，几乎所有的地方，面对厨房，都能发现白痴、呆子和弱智。醉鬼的和无知女佣的孩子，人们使他们仅仅靠吃卷心菜菜帮和菜皮生活。还有人开他们的玩笑。你成功了，”努托说，“因为你以前好歹找到了一个家，你在教父家吃得不多，但你吃了。不是必须说，别的人正在成功，必须帮助他们。”

我喜欢和努托说话，现在我们是男人了，我们相互了解；但是之前，在莫拉的那个时候，在农场劳动的那个时候，比我大三岁的他已经会吹口哨和弹吉他了。他被人找，被人听；他和大人、和我们这些男孩子辩论，向女人们挤眼睛。我那时就已经跟在他后面，并且有时从田地里逃出来，为的就是和他一起跑到河岸上或跑进贝尔波河里，搜寻鸟巢。他告诉我要怎么做才能在莫拉受尊重；后来在晚上他来到小院子里和我们一起监视农场。

现在他向我讲述他当歌唱艺人的生活。他曾经去过的那些村镇，就在我们周围。白天在太阳下明亮而多树，夜里是黑色天空中星星的窝。他和他那些星期六晚上在火车站的站台棚子下教导的乐队同伴一起，轻松敏捷地来到集市上；然后，两三天的时间里，他们再也闭不上嘴巴和眼睛——单簧管去了是酒杯，酒杯去了是叉子，然后重新又是单簧管，短号，鼓；然后是另一场吃，然后是另一场喝和独奏曲，然后是午后点心，丰盛的晚宴，熬夜直到早晨。有聚会，游行，婚礼；有和对手乐队的比赛。第二天、第三天的早晨，他们从小包厢里直着眼睛走下来，把脸插到一桶水里，并且最好在大车、双轮马车和马厩牛圈之间倒在那些草地的草上，这是一种快乐。“谁付钱？”我问。“市政厅，一些家庭，野心勃勃的人，所有的人。而要吃饭，”他说，“总是同样的那些人。”

他们吃什么，应该听听。我回想起了他在莫拉讲述过的那些晚餐，别的村镇和别的时间的晚餐。但饭食总是同样的，听着讲述它们，我觉得又进入了莫拉的厨房，重新看到女人们在擦丝[①]，揉面，塞馅子，掀开锅盖和点火，那种味道回到我的口中，我听到折断茎秆的断裂声。

“你在这方面有激情。”我对他说，“为什么你放弃了？因为你父亲去世了？”

于是努托说，首先一件事，弹琴带回家的东西很少，然后，所有那些浪费和从来也不知道谁给钱，这些最终令人厌恶。“后来有了战争，”他说，“也许女孩们的腿还在痒，可是谁还会

① 即把土豆、南瓜之类用礤床擦成丝。

再让她们跳舞？在战争那些年里，人们喜欢的东西不同。”

“可是我喜欢音乐，”努托想了想继续说，“只有这事叫人烦恼。这真是一个坏主人……它变成一种罪恶，必须放弃。我父亲说罪恶比女人好……”

“行啊，”我对他说，“你和女人们怎么样？你曾经喜欢她们。跳舞时她们全都来这里。”

努托有一个边吹口哨边笑的习惯，尽管是严肃地这样做。

“你没有为亚历山德里亚的医院贡献什么？”

“我希望没有。”他说，“虽然有你这样一个幸运的人，可是更多的人都是不幸的。”

然后他对我说，在两者之中[①]，他选择音乐。加入一个群体——这有时成功——夜里很晚回家，吹奏，吹奏，他，短号，还有曼陀林[②]，在黑暗中走在大街上，远离房屋，远离女人，也远离发狂一般回答的狗，就这样吹着。“小夜曲我从来不弹。”他说，“一个女孩，如果美丽，她寻找的不是音乐。她在朋友们面前寻找她的满足，她寻找男人。我从来不认识有哪个女孩明白演奏是什么东西……”

努托发现我在笑，立刻说：“我给你说一个女孩。过去有一个唱歌的人，阿尔波莱托，他吹中音号。他吹了那么多的

① 两者，指女人和音乐。

② 弦乐器，琴体呈半梨形。

小夜曲，以致我们说他：这两个人互相根本不说话，他们相互吹……”

这些话我们是在大道上说的，或是在他家的窗口一边喝着一杯酒时一边说的。在我们下方，有贝尔波的平原，为水流做出标志的树木。在巨大的加米奈拉山丘面前，全是葡萄园和河岸上的灌木丛。我有多少时间没有喝这种酒了？

“我已经对你说过了吧，”我对努托说，“科拉想要卖？”

“只是卖地？”他说，“你要当心他把床也卖给你。”

“麻袋的还是羽毛的[1]？”我咬着牙说，“我已经老了。”

“所有的羽毛都会变成麻袋[2]。”努托说。然后又对我说：“你已经到莫拉去看了一眼？”

事实是，我没有去。那里离萨尔托的房子只有两步远，而我没有去。我知道老头、女儿们、男孩们、仆人们，所有的人都分散了，消失了。有的死了，有的远离了，只剩下尼科莱托，那个曾经多少次踏着脚叫我私生子的傻瓜外甥，而一半的财物已经被卖掉了。

我说：“我有一天会去的。我已经回来了。”

---

① 这是问床垫是麻袋布的还是填塞羽毛的。

② 意思是说，即使填塞羽毛的床垫，时间一久，也会像麻袋布床垫一样又粗又硬。

第三章

在美国——多少年前？——我就有关于音乐家努托的新鲜消息。那时我还没有想要回来。那时，我离开铁路上的那帮人一站一站地到达加利福尼亚，看着太阳下那些长长的山丘，说："我到家了。"美国也是在大海里结束的，而这一次不必再上船了，我就这样停在松树林和葡萄园之间。"看到我手里拿着锄头，"我说，"家里的那些人会笑的。"可是在加利福尼亚不用锄头挖地。这更像是做园丁。我在这里发现一些皮埃蒙特人[1]，于是我厌烦了：穿过那样大的世界，就为看一些和我一样的人，并且他们还恶狠狠地看着我，这不值得。我在奥克兰种田并当送奶工。晚上，穿过海湾，可以看到圣弗朗西斯科[2]的街灯。我去了那里，受了一个月的饿，当我从监狱里出来时，我甚至都嫉妒那些中国人。这时我问自己，是不是值得为了看随便什么人而穿过世界。我回到山丘上。

我在那里生活了一段时间，并为自己弄了个女孩来，从她和我一起在小栎树街的小饭馆里劳动时起，我就不再喜欢她了。由于一再来门口接我，她使自己被聘为收款员，于是现在她整天通过柜台看着我，而我则在炸猪油和倒满杯子。晚上我出门，她用鞋跟跑在沥青路上赶上我，挽起我的手臂，希望我们叫停一辆小汽车，以便下到海里，以便去电影院。刚走出饭馆的灯光，人们单独地在星星之下，在蟋蟀和蟾蜍的一片嘈杂声中，我更想带她到那个农村，在苹果树下，小树林里，或者干脆就在悬崖上短短的草之间，使她倒在那地上，给予星星下的所有嘈杂声一个意义。她对这意义不感兴趣。她像女人们通常做的那样喊叫，要求进到另一个小饭馆里。为了让自己被人碰——我们在奥克兰的一个小巷里有一个房间——她希望自己是醉着的。

① 皮埃蒙特，意大利大区名，本书所涉及的布比奥、亚历山德里亚、阿尔巴等城市就在皮埃蒙特大区的亚历山德里亚省。

② 旧金山的音译名。

就是在这样的一个夜里我听到有人讲到努托。是从一个从布比奥[①]来的人那里。在他开口之前，我就从他的身高和步伐看出他是布比奥来的了。他拉着一卡车的木头，人们在外面给车加油时，他向我要一杯啤酒。

“也许一瓶更好。”我用方言说。

他的双眼笑了，看看我。我们说了一晚上的话，一直到外面不再有汽车喇叭声。诺拉从收款处伸长耳朵，晃来晃去，但诺拉从来没有在亚历山德利诺[②]住过，所以听不懂。我甚至给我的这位朋友倒了一杯被禁止的威士忌[③]。他告诉我说他在家就做过司机，那些村镇他都已经跑遍了，所以他来到了美国。

“可是如果我早知道人们就喝这东西……虽然能喝，可是并不好，加热，可是没有佐餐酒……”

“什么都没有，”我对他说，“就像月亮一样。”

诺拉生气了，梳理着头发，在椅子上乱动，打开收音机放跳舞的音乐。我的朋友耸耸肩，向柜台俯下身子，手指着背后：“你喜欢这些女人？”

我用破布擦着柜台。“是我们的错，”我说，“这个国家是她们的家。”

---

① 村镇，在卡奈利的南面。

② 处在亚历山德里亚省中心的一个地区。

③ 当时美国正实施禁酒令。

他不说话了，听着收音机。我在音乐的下面还听到蟾蜍的声音。诺拉挺着胸，鄙夷地看着他的背。

“就像这音乐，”他说，“有比较吗？他们从来就不会演奏……”

于是他告诉我有关去年尼扎[1]的竞赛，当时所有村镇的乐队都来了，从科尔泰米利亚，从圣马尔查诺，从卡奈利，从奈伊维。他们弹了又弹，人们都不再动了，赛马不得不推迟举行，本堂神父也在听舞曲，人们喝酒只是为了演奏音乐，半夜里还在演奏，奈伊维的乐队提贝里奥赢了。可是发生了争吵，逃跑，向头上扔酒瓶。按他的意见，应该得奖的是萨尔托的那个努托……

“努托？我认识他。”

于是这位朋友告诉我努托是谁，他干什么。他说就在那个夜里，为了让那些无知的人看看，努托在大路上演奏，一直到了卡拉芒德拉纳[2]才停止。他一直在月光下骑自行车跟着他们，他们演奏得那么好，以致从那些房屋里，女人从床上跳下来拍手，这时乐队停下来，开始演奏另一个曲子。努托在当中，用低音单簧管带领所有的人。

诺拉喊着要我去让喇叭停下来。我给我的朋友又倒了一

① 村镇，在卡奈利的东北方向。
② 村镇，在卡奈利东面。

杯，问他什么时候回布比奥。

“就是明天都行，”他说，“如果我能够的话。”

那个夜晚，在去奥克兰之前，我到草地上抽了一支烟，远离汽车来往的大道，在空空的悬崖上面。没有月亮，只有一片星星的海，还有蟾蜍和蟋蟀的叫声。那个夜晚，即使诺拉让自己被掀翻在草地上，我也觉得不够。蟾蜍们不会停止叫喊；汽车不会停止顺着下坡路加速冲下来；美国也不会停止以那些大道，以那些在海岸下被照亮的城市结束。我在黑暗中，在花园和松树林的气味中明白，那些星不是我的星，明白它们就像诺拉和顾客们一样令我害怕。油煎鸡蛋,好的工资，像西瓜一样大的柑橘，这些东西什么也不是，它们就像是这些蟋蟀和蟾蜍。值得辛苦来到这里吗？我还能去哪里？把自己从防波堤上扔下去？

这时我知道了为什么时不时地在一辆汽车里，或是在一个房间里，或在一个小村子的深处，会发现一个被勒死的女孩。是不是他们，也就是这些人，也想扑到草地上，与蟾蜍们和谐一致，做一小片和一个女人一样长的土地的主人，真正地睡在那里，没有恐惧？然而这国家是巨大的，所有的人都有份。有女人，有土地，有钱。可是没有人感到满足，没有人由于有了那么多而停下来，而农村，还有葡萄园，就像是公共花园，像是和车站的那些假花坛一样的假花坛，或者干脆就是未种东西的花园，被烧过的土地，废弃的山。它不是个让一个人能够感到甘心，能够低下头对别人说“不管发生什么坏事你们仍然认识我，不管发生什么坏事你们仍然让我活”的国家。这是个使人害怕的国家。就是他们相互之间也不认识；穿过那些山时，在每一个拐弯处，人们都明白，没有任何人曾经在那里停下来，没有任何人曾用手触过那些山。为此，人们把一个醉汉一顿饱打，把他带到山里，让他像死了一样地留在那里。他们不光有醉汉，还有坏女人。有一天一个人为了碰某个东西，为了使自己被人认识，扼死一个女人，在她睡觉时朝她开枪，用一把活动扳手弄破她的头。

诺拉从大道上叫我，为了去城里。她有一种远远听起来像是蟋蟀声的声音。当我想着她是不是已经知道我想的是什么时，我忍不住笑了。可是这些东西不会对任何人说，没有用。某天一大早她就再也看不见我了，这就够了。可是去哪里？我已经到了世界的尽头，在最后的海岸上，我感到够了。这时我开始想我会重新翻过那些山。

第四章

即使是为八月的圣母节，努托也不愿把单簧管放在嘴上了，他说这就像抽烟，当决定不再抽时就必须真的不再抽。他晚上来到天使旅馆，我们在我房间的小阳台上乘凉。小阳台朝着广场，而广场就是个世界末日[1]，不过我们是在看着房顶之外月亮下的那些白葡萄园。

在一切事情上都想要让自己有道理的努托对我说这个世界是什么东西，他想要从我这里知道人们做的是什么，说的是什么，他下巴托在栏杆

① 意思是极为混乱。

上听着。

“如果我能像你一样演奏，我就不会去美国了。”我说，“你知道在那个年龄是什么样的。看见一个女孩，和别人动拳头，在大清早回到家，就够了。一个人想要做事，想要是个什么东西，想要做出决定。你不肯过以前的生活。一边走着就觉得更加容易。听到那么多的谈话。在那个年龄，一个像这样的广场就像是世界。一个人相信世界就是这样……”

努托不说话，看着那些房顶。

“……谁知道这下面的男孩中有多少个，”我说，“希望走上卡奈利的大道……”

“可是他们没有走，”努托说，“而你走了。为什么？”

这些事人们知道吗？因为在莫拉人们说我是鳗鱼？因为一天早晨在卡奈利的桥上我看见一辆小汽车撞到了那头公牛？因为我甚至连吉他都不会弹？

我说：“我那时在莫拉过得太好了。我那时以为全世界都和莫拉一样。”

“不，”努托说，“在这里人们过得不好，可是没有人离开。这是因为有一个命运。你去热那亚，去美国，你去了解世界，你必须做什么事，必须明白可能和你有关的什么东西。”

“只是与我有关？可是并不需要一直去到那边。”

“也许是什么美好的东西，”努托说，“你没有挣到钱吗？

也许你甚至都没有发现是什么事。可是对所有的人来说都发生了什么事。”

他低着头说话，声音出来时撞在栏杆上变了样。他让牙齿在栏杆上滑动着。好像是他在演奏。突然他抬起头，“有一天我会向你说这里的事。”他说，“某些事和所有的人都有关系。你看到一些小伙子，看到一些人，他们什么也不是，不做任何坏事，可是会有那么一天，他们也……”

我感觉到他累了。他吞着唾液。自从我们重见以来，我还没有习惯把他看得与那个鲁莽的、那样能干的，教我们所有的人，并且总是善于说自己的事的努托有什么不同。我从来也不记得我现在已经赶上了他，并且我们有同样的经历。我也从来不觉得他有过改变；他只是多了一点厚实，少了一点幻想，那张猫脸更加平静和阴险。我等着他鼓起勇气，解除这个重负。我常常看到，只要给他们时间，人们就会倒空口袋[1]。

可是这天夜里努托没有倒空口袋。他改变了话题。

他说：“你听，他们是怎么跳的，怎么辱骂的。为了让他们来向圣母祷告，本堂神父必须任他们发泄。而他们为了能发泄自己，必须向圣母点灯。他们双方谁占了谁的便宜？”

“他们轮换着占便宜。”我说。

“不，不，”努托说，“本堂神父胜利了。是谁为照明、爆

① 意思是说出所有的话。

竹、修道院长职务和音乐付钱？是谁第二天嘲笑那节日？穷人，他们为了四拃[①]的土地累断自己的背，然后让人们吃了这些地。”

“你不是说最大的费用落到那些最有野心的家庭头上吗？”

“可那些有野心的家庭从哪里弄钱？他们让用人、女仆、农民劳动。还有土地，他们在哪里得到土地？为什么必须有人有许多土地而有人什么都没有？”

“你是什么？共产党员？”

努托斜着眼轻松地看着我。他让那帮人发泄完了，然后一边仍然斜着眼看着我，一边小声说：“我们在这个村镇里都太无知。共产党不是谁想是就是的。以前有一个，人们喊他叫阴沉脸，他自以为是共产党员。他在广场上卖辣椒。他喝酒，然后在夜里大喊大叫。这些人做的坏事比好事多。需要一些不无知的共产党员，不会败坏名声。那个阴沉脸，人们很快就让大家都欺负他，再也没有人向他买辣椒了。他不得不在这个冬天离开了。”

我对他说他是对的，可是在四五年，当铁是热的时[②]，人们必须行动起来。在那时，就是阴沉脸也会是个帮助。“在回到意大利时我认为确实在这里发现了什么东西。你们有带把子

① 意大利人所说的拃是手张开时从大拇指尖到小指尖的距离。四拃土地，也就是一片极小的土地。

② 意思是趁热打铁，抓住时机。

的刀……"

"我只有一把刨子和一把凿子。"努托说。

"我在到处都看到不幸，"我说，"有的国家，那里的苍蝇都比基督徒[1]过得好。但是还不足以进行反抗。人们需要一个推动。而你们有推动和力量……你也曾经在山丘上[2]？"

我以前从来没有问过他。我知道村子里的一些人——在我们还不到二十岁的时候来到这个世界的小年轻——中有死去的，在那些大街上，在那些树林里。我知道许多东西，我向他问过这些东西，但没有问过他是不是曾经带着一块红围巾，拿着长枪。我知道那些树林里满是外来的人，逃避兵役者，城市的逃跑者，疯子——而努托不属于这些人中的任何一种。但努托就是努托，他比我更知道正义的东西。

"不，"努托说，"如果我去了，他们会烧了我的房子。"

在萨尔托的河岸边，努托曾经将一个受伤的游击队员藏在一间小屋里，在夜里给他送吃的。他妈妈对我说了这件事。我相信这事。是努托。仅仅在昨天，他在大街上遇到两个男孩，他们在折磨一只蜥蜴，他从他们手里夺走了蜥蜴。对于所有人来说，二十年已经过去了。

"如果是马泰奥先生在我们去往河边时对我们做了那件

① 意大利人所说的基督徒也就是人、人类。

② 在山丘上，指参加游击队。

事，”我对他说，“你会如何回答？那个时候你毁了多少鸟巢？”

“都是无知者的动作，”他说，“我们两个人都做了坏事。让小动物们活着吧。它们已经为冬天而受苦了。”

“我不说了。你是对的。”

“再说，以这样开始，最终就会自相残杀并烧毁村镇。”

第五章

太阳照在这些山上，发出我已经忘记的一种贫瘠土地和凝灰岩的反光。在这里热不是从天空降下来而是从下面出来——从土地，从葡萄树之间的深处，好像所有的绿色都被吃了下去以便全部进到枝条里。这是一种我喜欢的热，它有一种气味：我也在这气味里，这里面有那样多的摘葡萄和收草料和落叶，有我早已不知道自己还负有的那样多的滋味和那样多的愿望。因此我喜欢从天使旅馆走出来，向农村看；我几乎希望没有过过我的生活，希望能够改变我的生活；希望认为那些看着我走过并且相互问我是不是来买葡萄或什么东西的人的闲谈是有理的。这里，在镇子里，不再有任何人记得我，不再有任何人注意到我曾经是个仆人和私生子。他们知道在热那亚我有几个钱。或许有某个当仆人的小伙子，就像我曾经是的那样。某个在关闭的百叶窗后面感到苦闷的女人，想到了我，就像我过去想到卡奈利的那些小山丘；想到那边的、世界上的人们，他们挣钱，享乐，远远地到大海上去。

已经有各种人，或是出于玩笑或是认真的，向我提供了一些农场。我双手放在背后听着，并不是所有人都知道我对这些东西很在行——他们向我说到这些年的巨大收成，可是现在需要有一次深耕，一道墙，一次移苗，而他们没有能力做这个。“这些收成在哪里？”我对他们说，“这些收益？为什么你们不把这些收益用在田产上？”

“肥料……”

我就是做过批发卖肥料的，我打断了他们的话。可是我喜欢这种谈话。而当我们去到田产上，当我们经过一块打谷场，造访一间马厩，喝一杯时，我更是喜欢这种谈话。

在我回到加米奈拉的小房子的那天，我已经认识了老瓦利诺。努托在广场上当着我的面把他拦住，问他是不是认得我。

一个又干又黑的人，一双鼹鼠般的眼睛[1]，他仔细看了看我，而当努托笑着对他说我是个曾经吃过他的面包喝过他的葡萄酒的人时，他慌得呆在那里不敢下决心。于是我问他是不是曾经砍过那些榛树，是不是在那牛圈的上方一直还有那排麻雀葡萄[2]。我们告诉他我是谁和从哪里来；瓦利诺没有改变那张阴沉的脸，只是说河岸的土地很贫瘠，每年大雨都要带走一部分土地。在离开之前，他看看我，看看努托，对他说："你到那上边来一次。我想让你看看你丢掉的那只小桶。"

随后努托对我说："你在加米奈拉不是每天都吃东西……"他这时不再开玩笑了。"可是也不该由你们来分。现在那小房子，别墅的夫人买了它，她来用天平分收成……一个已经有了两个农场和店铺的女人。然后他们说乡下人偷我们，乡下人是些邪恶的人……"

我自己回到那条大路上，我在想瓦利诺在他作为分益佃农[3]劳动的这么多年里——六十年？也许还不止——所能够有的那种生活。在这里睡过、吃过、伴着太阳和寒冷锄过地之后，从多少人家，从多少土地出来，将家具装在一辆不是他自己的小车上，走上一些也许不会再走的大路。我知道他是个鳏

① 意思是视力很差，因为鼹鼠几乎是瞎的。

② 一种葡萄的名称。

③ "分益佃农制"中租种土地的农民。分益佃农与土地所有者订立契约，租种土地，以收益之一部分，支付地租。

夫，他的妻子在这个农场之前的那个农场时死去，他的儿子中大的那几个在战争中死去，他只剩下一个小男孩和几个女人。他在这个世界上还做别的什么？

贝尔波的山谷他从来没有走出过。我不由自主地停在小路上，一边想，如果二十年前我没有逃走，那也就是我的命运。然而我在世界上，他在那些山丘上，我们都转了又转，却永远不能说："这些是我的财产。我将在这根横木上变老。我将死在这个房间里。"

我来到无花果树下，就在打谷场前，我又看见那条在两座多草的山冈间穿过的小路。现在人们已经在这里铺上石头做成台阶。从草场走上大路就像是一个转变——柴堆下的枯草，一只破篮子，一些被压扁的烂苹果。我听到狗在上面沿着铁丝跑。

当我从台阶上伸出头时，狗发了疯。它不停地用后腿立起来，大叫，喘不过气来。我继续往上走，于是看见那柱廊，无花果树的树干，靠在大门口的一把耙子——同样的带结的绳子从大门上的洞口挂下来。在墙上的葡萄架周围的是同样的铜绿斑。在房屋的角上是同样的迷迭香。还有气味，房屋的、河岸的、烂苹果的、干草的和迷迭香的气味。

在一个平放在地上的车轮上坐着一个男孩，穿着大衬衣和破鞋子，单独一根背带，一条不自然地斜长着的腿向旁边叉开。那是一种游戏吗？他在太阳下看看我，他手里拿着一块干兔子皮，闭上瘦弱的眼皮以节省时间。

我站住了，他继续眨着眼睛；狗在狂叫并扯着铁丝。男孩没有穿袜子，在眼睛下有一个痂，瘦得看到骨头的肩膀，腿不动。突然我回想起有多少次我也曾有过冻疮、膝盖上的痂，干裂的嘴唇。我想起我过去只在冬天才穿木鞋。我想起维尔吉利亚妈妈如何在把兔子剖开肚子后剥皮。我动了动手，做了一个手势。

在门口出现了一个女人，两个女人，黑色的女人，一个又老又弯曲着身子，另一个比较年轻而瘦得皮包骨头，她们看着我。我喊着说我找瓦利诺。他不在，他去河岸上了。

那位不年老的女人向狗叫喊并抓住铁丝，拉住它，狗发出嘶哑的喘气声。男孩从轮子上站起来——他艰难地站起来，斜着伸出腿，他站立着，朝着狗慢慢拖着步子。他是个瘸子，佝偻病患者，我看见他的膝盖不比手臂粗，他把一条腿拖在身后，像是拖着一件重物。他大概有十岁，看见他在这个打谷场上也就像看见我自己。就在我朝柱廊下、朝无花果树后、朝那些玉米看一眼的那一瞬间，出现了安乔利娜和朱利亚。谁知道她们现在在哪里？如果在什么地方她们活着，她们也该有那个女人的年龄了。

狗安静了，她们什么也没有对我说，看着我。

第六章

于是我说，如果瓦利诺回来，我等着他。她们一同回答说有时候他回得晚。

两个女人中把狗系住的那个——她没有穿袜子，皮肤被太阳晒得黑黑的，甚至在嘴上有一点点毛——用瓦利诺的那种阴暗和小心谨慎的眼睛看着我。这是他的小姨子，现在和他睡在一起的女人；因为和他在一起，最后也就变得像他了。

我走进打谷场（狗重新扑过来），说我小的时候就是在这片打谷场上的。我问那口井是不是仍然还在后面。那年老的女人，这时候坐在门槛上，不安地嘟哝了一下；另一个女人弯下腰，拾起倒在门口的耙子，然后向男孩喊话，要他朝河岸那边看看，是不是看到爸。于是我说不必了，我从这下边经过，突然想要重新看看我在那里长大的房子。我认得所有的田产，认得一直到核桃林的河岸，我能自己去转转，在那里找个人。

然后我问："这孩子是怎么回事？是不是跌到一把锄头上了？"

两个女人从我看向他，他又笑了起来——又不发出声音地笑起来，并且立即闭上双眼。我也知道这种游戏。

我说："你怎么了？你叫什么？"

那瘦瘦的小姨子回答我了。她说门蒂娜死的那年，医生看过了钦托的腿，那时他们还在奥尔托——门蒂娜躺在床上喊叫，医生在她死前的一天对她说了，这个孩子由于她的过错，没有好的骨头。门蒂娜回答他说那些当兵死去的儿子都是健康的，可是这个儿子生下来是这样，她知道是因为那条想要咬她的疯狗使她失去了奶水。医生训斥她，说根本不是因为奶水，而是因为柴捆，因为在雨里赤着脚走路，吃鹰嘴豆和玉米糊，搬筐子。必须事先就想到，医生说了，可是现在已经来不及了。于是门蒂娜说可是别的儿子都是健康地来到世上的，第二天她就死了。

男孩倚在墙上听我们说，我发现他并不是在笑——他有着向外突出的颌骨，稀疏的牙齿，和眼睛下的那个痂——像是在笑，其实是在注意听着。

我对那两个女人说：“那么我去找瓦利诺。”我想一个人离开。可是那两个女人向男孩喊：“动一动。你也去看看。”

就这样我到了牧场上，沿着葡萄园的边走着，在葡萄树的行之间现在是一些被太阳晒干的小麦茬。尽管在葡萄园的后面，由于山坡上不是榛子林的黑影，而是一片低矮的高粱，只要睁大眼睛，那片田野就非常小，像一块手绢。钦托在我身后一瘸一拐地走着，过了一刻，我们到了那棵核桃树前。我觉得不可能曾经在这里转过和玩过，在大路那里，不可能曾经下到河岸寻找落地的核桃和苹果，曾经和山羊和女孩们在草地上度过整个整个的下午，曾经在冬天的日子里盼望着一点点晴以便能够回到世界——甚至这连一整个村镇都不是。如果不是在十三岁时，当时教父去住到了科萨诺，我偶然走了出来，现在我还会过着瓦利诺的或者是钦托的生活。我们怎么能够弄到吃的，这真神奇。当时我们啃苹果，南瓜，鹰嘴豆。维尔吉利亚能够让我们吃饱。但是现在我明白了瓦利诺阴沉的脸，他干活干活，仍然必须分配[①]。但愿人们看到他的劳动的果实，那些狂暴的女人，那个残疾的男孩。

① 指与农场主之间分配收成。

我问钦托他是不是还认得榛子树。他用那只好的脚站住，不相信地看着我，对我说在河岸的尽头还有一些这种树。由于回过头来说话，我看到在葡萄树的上方那皮肤黑黑的女人正从打谷场注视着我们。我为我的外衣，为衬衣，为鞋子感到羞愧。我有多少时间不再光脚走路了？要让钦托相信我曾经也是像他一样，就这样对他谈加米奈拉是不够的。对他来说，加米奈拉是世界，所有的人都是这样对他谈到加米奈拉的。如果在我小时，在我面前出现一个像我这样的大块头，并且我陪着他到田产中去，我会说什么呢？一时间我有一个幻觉，好像在家中，女孩们和山羊在等着我，我光荣地向她们讲述伟大的事情。

现在钦托有了兴趣，来到我身后。我把他一直带到葡萄园的顶端。我再也认不出葡萄树的行了，我问他谁做了移栽。他口齿不清地说着话，显得很严肃，对我说别墅的夫人就在昨天来收了番茄。“她给你们留了吗？”我问。“我们已经收过了。”他对我说。

在葡萄园，我们这时在的地方还有些草，山羊用的新鲜的水罐，山丘继续在我们头顶延伸着。我让他说谁住在那些远远的房子里，我告诉他以前是谁在那里，他们有什么狗，告诉他那时我们都是些孩子。他听着，对我说那里现在还有人。然后我问他在从河岸直长到我们的脚下那么高的那棵树上是不是一直有那个苍头燕雀的巢。我问他有没有去贝尔波河里用筐子捕过鱼。

奇怪的是一切都是已改变的却又仍是相同的。没有一棵葡萄树是那些老的葡萄树中留下来的，也没有一头牲畜是过去的牲畜；现在草场上是草茬，草茬一行一行的，人们从这里经过，长大，死去；被冲进贝尔波河里的倒塌的树根；而看看周围，加米奈拉山丘的巨大的山侧，在萨尔托的山丘上的远远的小道，打谷场，水井，人声，锄头，所有的东西一直是相同的，所有的东西都有那时的那种气味，那种味道，那种颜色。

我让他说他是不是知道周围的村镇。他是不是曾经到过卡奈利。当爸去卖从岗齐亚[①] 来的葡萄时，他曾经坐在马车上去过那里。有几天他们和皮奥拉家的男孩们穿过贝尔波河到铁路上去看火车经过。

我告诉他在我小时候这条山谷更大，有人坐着四轮马车在山谷里转，男人在西服背心上戴着金链，而镇子里和火车站的女人们带着阳伞。我告诉他人们过去举行聚会——结婚，洗礼，圣母节——人们从远处，从山丘顶上来，奏乐的人，打猎的人，市长们。那时有一些房子——带庭院的小楼房，就像卡奈利山丘上的鸟巢[②] 那样的房子——那些房子有些房

① 村镇，在皮埃蒙特大区的拉莫拉市。

② 这是那幢房屋的名字。

间，在房间里，人们十五个，二十个在一起，就像在天使旅馆里一样，整天吃饭，演奏。我们小孩在那些天里也在打谷场上过节日，夏天我们玩造房子游戏；冬天，在冰上转圈。玩造房子游戏是只用一条腿跳，就像他这样，在用卵石摆成的条纹上跳而又不碰到卵石。打猎的人在收葡萄之后在山丘和树林里转，他们从加米奈拉，从圣格拉托，从卡莫上山，回来时浑身污泥，累得半死，但满载着山鹑、野兔和各种野味。我们从小房子里看着他们经过，然后，一直到晚上，在镇子里的那些房子里，人们听到举行聚会，在山上鸟巢的那楼房里——那时能看得到，那时没有那些树——所有的窗子都亮着灯，就像点了火一样，可以看见客人们的影子在走过，一直到早晨。

钦托张着嘴听着，带着眼睛下的那个痂，靠着栏杆坐着。

“我那时是个像你一样的孩子，”我对他说，“我和教父住在这里，我们有一只山羊。我把它带到牧场上去。冬天当打猎的人们不再经过时，是很糟糕的，因为甚至连河岸都不能去，有那么多的水和树挂，有一次——现在不再有了——狼从加米奈拉山丘下来，因为在树林里再也找不到吃的东西，早晨在雪地上我们看到它们的脚印。像是狗的脚印，可是要更深。我那时和女孩们睡在后面的那房间里，我们夜里听到狼在呻吟，因为它在河岸上感到冷……”

“在河岸上，前年有一个死的。”钦托说。

我站住。我问什么死的。

“一个德国人，”他对我说，“游击队员们把他埋在加米奈拉山里了。他被剥光了皮……”

“离大路这么近？”我说。

“不，他从上游来的，在河岸里。河水把他带下来，爸在烂泥和石头下面发现了他……”

第七章

这时从河岸传来修枝刀在木头上发出的折断声，每响一声钦托都眨一下眼。“是爸，”他说，“他在这下面。”

我问他为什么先前当我看着他时以及女人们说话时他要闭着眼睛。他立即本能地又闭上眼睛，否认这样做过。我笑了起来，对他说我是个孩子时也做这游戏——我就是这样只看见我想要的东西，并且当我重新睁开眼睛时为发现那些东西仍是原样而感到开心。

于是他高兴地露出牙齿，说兔子们也是这样

做的。

“那德国人，”我说，“也许已经被蚂蚁吃光了。”

女人的一声喊叫从打谷场传来，她喊钦托，需要钦托，诅咒钦托，让我们笑了起来。这声音在那些山丘上一直响着。

“谁也不明白人们是怎么杀死他的，”他说，“他在地下有两个冬天了……”

当我们在底下的肥厚树叶、荆棘和薄荷之间要倒下时，瓦利诺刚刚抬起头来。他正用一把修枝刀在一棵柳树的树干顶端处剪那些红色的枝条。和过去一样，当外面已经是八月时，那下面还是冷的，几乎是阴暗的。在这里只要河岸一有水，在夏天就形成水坑。

我问他今年这么干燥，他要把柳树放在哪里晾干。他停下来看着我，一边用脚给树枝培上土，一边把修枝刀系在裤子后面。他那条裤子和那顶帽子上沾满了污泥，几乎是天蓝色的，他穿戴它们是为了施碱性碳酸铜[①]。

“今年葡萄很美，”我对他说，“只是缺一点水。”

“总是缺点什么东西，”瓦利诺说，“我原来等着努托来取那只小桶的。他没有来？”

于是我对他解释说我正巧从加米奈拉经过，想要再看看乡下。我都不再认得乡下了，因为已经被加工过了。葡萄园

① 这是预防葡萄根瘤蚜的方法。

是三年的新葡萄园了，不是吗？在家里——我问他——他们在家里也加工过了吗？当我住在那里时，有那个已经不再通风的烟囱——他们后来把那墙拆了吗？

瓦利诺对我说是女人们在家里。她们，她们应该想这事。他朝上顺着河岸看着树木的叶子的正中。他说农村和所有的农村都一样，要让它出产东西需要有人手，而现在再也没有人手了。

于是我们谈到战争和死去的人。关于儿子他什么也没有说。他含糊不清地说着话。当我说到游击队和德国人时，他耸了耸肩。他说那时他在奥尔托，他看到人们烧了齐奥拉家的房子。整整一年再也没有任何人在乡下做任何事，而如果所有这些人都回到家——德国人回到他们自己的家，男孩们回到田产上——那该是一件不错的事。那么多的脸，那么多的人——都是外来的人，从来没有见过，就是在他是个小伙子时的集市上也没有看见过。

钦托张着嘴巴听我们说。谁知道有多少人，我说，还被埋在树林里。

瓦利诺阴沉着脸看着我——眼睛浑浊冷酷。“有的是，”他说，“有的是。只要有时间去找他们。”他的声音里既不带憎恨，也不带怜悯。似乎他谈的是去采蘑菇，或是去农场。有一刻他兴奋起来，然后说：“他们活着时没有做什么好事。

死了也不做好事。”

正是这样，我想，努托也许会认为他愚昧，可怜，也许会问他世界是不是应该一直和从前的一样。努托已经看见过那么多的村镇，知道周围所有人的不幸，努托也许从来也不会问这场战争有什么用。他只需要参加战争，这差不多是一个命运。努托非常有这种想法，即一件必须发生的事对所有人都有影响，世界被错误地造了出来，需要重新造它。

瓦利诺没有问我是不是和他上去喝一杯。他收好柳树枝捆，问钦托是不是已经去割过草。钦托一边移开身子，看着地面，不回答。于是瓦利诺上前一步，用那只空着的手拿着一根柳树枝抽了一下，钦托跳开了，瓦利诺绊了一下，站直了。钦托在河岸的底部，这时在看着他。

老头不说话，抱着柳树枝，沿着河边走起来。一直到了顶上也没有回一下头。我觉得自己是个来和钦托一起玩的孩子，老头因为不能对我发火就朝他抽树枝。我和钦托不说话，笑着互相看看。

我们在冷冷的树木拱顶下下到河岸，但是只要在暴露在外的水坑里、阳光下走过，就能感到闷热和出汗。我研究着凝灰岩壁，就是我们的牧场对面的那堵，它支撑着莫罗奈的葡萄园。在墙顶上，荆棘的上方，能看到那些最早的浅色的葡萄树和一棵带着一些已经红色的叶子的美丽的桃树伸出来，那棵桃树就像是我小时候长在那里的那一棵，一些桃子落在河岸里，看上去比我们的桃子要好些。这些在夏天有着红色或黄色叶子的苹果树、桃树，就是现在还使我流口水，因为树叶就像一个成熟的果子，人在那下面，感到幸福。对我来说，所有那些树都应该是能结果的；在葡萄园里就是这样。

我和钦托谈到了玩足球的人，然后又谈到玩纸牌的人；于是我们来到大路上，在河岸边的矮墙下，金合欢丛中。钦托已经看见过一个在广场上摆牌局坐庄的人手中的一副牌，他对我说他在家里有一张黑桃二和一个红桃国王，是什么人丢在大马路上的。有点脏了，但还是好的，如果以后找到其他的那些张，就能用了。我对他说有的人玩牌是为了生活，他们赌房子和土地。我对他说，我曾经在一个国家里，那里人们桌上放着一堆金马棱戈[①]，西服背心里怀着手枪玩牌。以前在我们这里，当我是个孩子时，农场的那些主人，卖掉了葡萄或小麦后，套好马，趁着晚上凉快出发了，他们去尼扎，去阿奎伊[②]，带着小包小包的马棱戈，玩整整一夜，他们赌马棱戈，然后是树林，然后是牧场，然后是农场，第二天早晨，人们

---

① 这是一种金币的名称，值二十法郎，是拿破仑为纪念他在一八零零年六月十四日在亚历山德里亚附近的村庄马棱戈（Marengo）打败奥地利–俄罗斯联军而铸造发行的。在本书的故事发生时，这种金币可能已不流通，马棱戈一词只是对金币的泛指。

② 村镇，在卡奈利的东南偏东方向。

发现他们死在小酒馆的床上，在圣母画像和橄榄树枝下。或者坐着双轮马车出发，再也没有人知道他们怎么样了。有的人还赌老婆，就这样孩子孤单地留了下来，他们把孩子赶出家去，这就是那些被称为私生子的孩子。

“马乌利诺的儿子，”钦托说，“是个私生子。”

“有人收下他们，”我对他说，“总是穷人收养私生子。可见马乌利诺需要一个男孩……”

“要是人们对他说这个，他就发火。”钦托说。

“你不应该对他说这个。如果你父亲把你赶走，你有什么错？只要你愿意劳动就够了。我认识一些私生子，他们买了农场。”

我们已经走出了河岸，钦托快步走到我前面，坐到矮墙上。在大路另一边的那些树木后面，有贝尔波河。就是在这里，在把山羊带到河岸和河滩上转了整个下午后，我们出门到这里来玩。大路上的卵石还是同样的那些卵石，树木的茎有着流水的气味。

“你不去为兔子割草了？”我说。

钦托对我说他去。于是我走了，一直到拐弯处我都感觉得到那双从芦竹丛看着我后背的眼睛。

第八章

我决定只和努托回到加米奈拉的小房子，这样才能使瓦利诺让我进家。可是对于努托来说，这条大路不在他控制范围内。而我时常经过那里，有时碰到钦托在小路上等我或是从芦竹丛中钻出来。他靠在矮墙上，腿向旁边叉开，让我说话。

但是在最初的那几天之后，节庆和足球赛结束了，天使旅馆又变得安静了，当我在苍蝇的嗡嗡声中一边在窗口喝咖啡一边看着空荡荡的广场时，我发现自己就像一个从市政厅的阳台上看着城市的市长。在我是个孩子时，我是不会这样说的。人们被迫远离家乡去劳动，不情愿地发财——发财也就意味着走了很远并且这样回来，富有了，大了，胖了，自由了。当我是孩子时，我还不知道这一切，尽管我经常眼睛盯着大路，盯着路过的人，盯着卡奈利的那些别墅，盯着天边的那些山丘。这就是一个命运，努托说——与我相反，他没有移动过。他没有去闯世界，没有发财。就像在这山谷里对许多人都发生的那样，对他也会发生这样的事，像一棵树一样长大，像一个女人或一头公山羊一样衰老，从不知道在波尔米达河的那一边发生了什么，从不走出由家、葡萄园、集市构成的圈子。但是，就是从来没有移动过的他也该有某种东西，一个命运——他的那种想法，也就是需要明白事物，修正事物，也就是世界被造得错了，所有的人都有义务去改变它。

我明白在小时候，甚至当我赶着羊跑，当我在冬天把脚踏在柴捆上愤怒地把它踩开时，或者玩时，我闭上眼睛，想试试看重新睁开眼睛时山丘是不是已经消失——甚至在那时我就在为我的命运而做准备，准备没有一个家地生活，准备盼望着在山丘的那边有一个更美更富有的国家。我觉得天使旅馆的这个房间——那时我根本没有在这里过——总是知道，有一个先生，一个带着装满马棱戈的口袋的人，一个农场的主人，当他坐着双轮马车出发去看世界时，一个美丽的早晨发现自己在这样一个房间里，在白色的洗脸盆中洗手，在那闪着亮的旧桌子上写一封信，一封去到城市里，去往远处的信，一些猎手，一些市长，一些拿着小阳伞的太太读它。现在发生的就是这种事。早晨我喝着咖啡，写一些信到热那亚，到美国，操纵着钱，和一些人保持着联系。也许一个月之后我又重新到了大海上，在我的那些信后面跑。

一天我与骑士在楼下，面对着灼人的广场喝咖啡。骑士是老骑士的儿子，在我小时候老骑士是城堡[①] 的土地和许多磨坊的主人，在我还没有出生时，他甚至都在贝尔波河里筑了一条坝[②]。他有时坐着由仆人赶着的两匹马拉的车在大路上经过。他们在镇子里有一所小别墅，周围有花园环绕，还有些外国的植物，没有人知道它们的名字。当我在冬天跑着去学校，在栅栏前停下来时，别墅的百叶窗总是关着的。

现在，老骑士已经死了，骑士是个秃头的小律师，他不干律师的事：土地，马，磨坊，都被身为城市单身汉的他消耗光了；城堡的巨大家庭已经消失了；他只剩一小片葡萄园，一些破衣服，他拿着一根带着银的圆头的手杖在镇子里转着。他友善地与我说话；他知道我从哪里来；他问我是不是还去过法国，他翘着小指头、身子向前弯着喝咖啡。

---

① 原文中的“城堡”一词用大写，可能当地只有这一座城堡。

② 这可能是一种封建特权。

他每天在旅馆前面停下来，和别的顾客谈话。他知道许多事情，比年轻人，比医生，比我知道得都多，但都是些与他现在过的生活不相符合的东西——只要让他说话，就足够明白老骑士死得是时候。我想到他就有点像是别墅的那个花园，满是棕榈树，异国的芦竹，带着标签的花。骑士也曾以他自己的方式逃离过家乡，去游历过世界，可是没有发到财。亲人们抛弃了他，妻子（都灵的一位女伯爵）死了，儿子，唯一的儿子，未来的骑士，还在服兵役前[①]就因为女人和赌博的一堆麻烦而自杀了。然而这个老人，这个与他最后的葡萄园的那些农民睡在一间小饭厅的穷人，却总是有礼貌，总是很整齐，总是个老爷，每次遇到我都摘下帽子。

从广场上可以看见他有田产的那个小山丘，在市政厅的屋顶后面，一个被维持得很糟的葡萄园，满是草，并且在上面，对着天空，是一丛松树和芦竹。在下午，那群喝咖啡的游手好闲的人常常就他的那些分益佃农和他开玩笑，佃农们都是圣格拉托半山中的那些田产主，他们留在他家里只是为了靠近镇子的便利，他们从来也记不得为他给葡萄园锄地。但是他，坚信地回答说他们，那些分益佃农，知道一座葡萄园需要什么东西，再说，过去，那些老爷，那些田产主，把一部分田地抛荒，为了去那里打猎，或是为了什么荒唐念头。

① 服兵役前，指达到法定的服兵役年龄之前，即未满十八岁时。

所有人都为骑士的去打猎的想法笑起来，有人对他说，他最好还是在那地里种鹰嘴豆[1]。

“我种了树。”他带着突然的发怒和热情说道，声音颤抖了。他由于那样有礼貌，都不知道为自己辩护，于是我也插进来说点什么东西，以改变话题。谈话改变了，但是看得出老骑士并没有完全死去，因为这个穷人理解我。当我站起身来时，他请求对我说一句话，于是我们在其他人的眼睛下在广场上走远。他告诉我说他老了，太孤单了，他的家不是个能接待任何人的地方，不过，如果我上去造访他，如果方便的话，他将会非常高兴。他知道我已经到别的人家看过地，所以，如果我有一刻……我又弄错了：我对自己说，看起来，这一位也想卖地。我回答他说我在镇子里不是为了做交易。“不不，”他急忙说，“我不说这个。一次简单的访问……我要让你看看，如果你许可，这些树……”

我立即就去了，以免除他为准备接待我的麻烦，于是，在那条高于那些暗黑的屋顶，在那些人家的院子之上的小路上，他向我说，由于许多原因，他不能卖葡萄园——因为这是带着他的姓的最后一块地，因为不然的话它就将会落到别人的家里，因为这对于分益佃农是合适的，因为他很孤单……

① 鹰嘴豆是穷人的食物，所以骑士感到受了羞辱。

“您，”他对我说，“不知道在这一带地方没有一块地生活是什么东西。您，您死去的家人在哪里？”

我对他说我不知道。他沉默了一刻，觉得有趣，感到惊讶，摇摇头。

“我感到，”他慢慢地说，“这是生活。”

他不幸地有一个不久前死去的家人在镇子的墓地里。已经十二年了，在他看来像是昨天。不是一个就像人都不免于一死的死者，一个顺从死亡的、带着信仰想着死亡的死者。“我犯过许多愚蠢的错误，”他对我说，“一生都在犯。老年的真正疾病是悔恨。但有一件事我不能原谅我自己。那个孩子……”

我们来到小路的弯处，在芦竹林下。他停下，结结巴巴地说：“您知道他是怎么死的？”

我点点头。他说话时，双手紧紧地抓着拐杖的圆头。“我种了这些树，”他说。在芦竹林的后面可以看到一棵松树。“我希望在这里，在山丘的顶上，土地是他的，因为他喜欢，它自由而野性，就像他是个孩子时的那个公园……”

这是个想法。这一丛芦竹，以及后面的，带红色的松树和底下的茂盛的草，使我想起在加米奈拉的葡萄园的顶上的凹地。但这里的美好之处就是山丘的尖顶，并且一切都结束在虚空之中。

“在所有的农村，”我对他说，“都需要一块这样的地，被不耕种地放着……但是葡萄园要耕作的。”我说。

在我们脚下可以看到这四排不幸的葡萄树。

骑士做了个幽默的鬼脸，摇摇头。“我老了，”他说，“那些乡下人。”

第九章

现在需要下到他家的院子里，给他这个快乐。但是我知道那样一来他就必须为我开一瓶酒，并且过后向他的分益佃农付这瓶酒的钱。我对他说，已经晚了，有人在镇子里等着我，在这个时候我从不吃任何东西。我把他留在他的林子里，在松树下。

每次从加米奈拉的大路上去往桥边的芦竹丛，我就又想着这个故事。这里我也曾经和安乔利娜和朱利亚一起玩过，并且为兔子割草。钦托经常在桥上，因为我送了他鱼钩和鱼线，并且告诉他人们如何在大海上钓鱼和射海鸥。在这里看不到圣格拉托也看不到镇子。但是在加米奈拉和萨尔托的巨大的背脊上，在比卡奈利更远的山丘上，有一些暗色的树林，芦竹林，灌木丛——总是同样的——就和骑士的那些相似。在孩子时我从没有能够上到那上面去；在青年时我劳动和满足于集市和跳舞。现在，我不能作出决定地反复思考，在那上面，在台地上面，在那些芦竹和那些分散的农场的后面，应该有什么东西。会有什么东西？上面是不耕种的并且被太阳烤焦的。

“今年人们点篝火了吗？”我问钦托，“我们以前一直都点的。圣乔万尼节[①]的夜里整个山丘都被烧着了。”

“小事情，”他说，“他们在火车站点大篝火，可是在这里看不见。皮奥拉说有一次烧掉了那里的几个农场。”

皮奥拉是他的努托，一个又高又聪明的大男孩。我曾经看见钦托在贝尔波河里瘸着腿跟在他后面跑。

“谁知道为什么，”我说，“点这些火。”钦托在听。“在我小时候，”我说，“老人说这样能让下雨……你爸爸点过篝火吗？今年本来需要雨水的……到处都在点篝火。”

“看起来对田地有好处，”钦托说，“给地施了肥。”

我觉得自己是另外一个人。我和他说话就像努托曾经对我说话一样。

---

① 传统节日，是施洗约翰的生日，在六月二十四日。

“可是，如果这样的话，怎么人们总是在耕地的外面烧火？”我说，“第二天你发现篝火的底子在大道上，沿着河边，在荒地里……”

“千万不能烧到葡萄园。”他笑着说。

“是的，可是又要把粪肥放到好的……”

这种谈话从来没有结束过，因为那个愤怒的声音在喊他，或者一个皮奥拉家的或莫罗奈家的男孩经过，于是钦托站起来，就像他父亲会说的那样，说：“那么我们去看看。”便走了。他从来也没有让我明白他是出于礼貌还是因为自己愿意而和我一起停下来的。当然，当我向他讲述热那亚的港是什么东西，人们如何装船，船上的汽笛声和水手们的文身，以及多少天全在大海上时，他带着敏锐的眼睛听着我说。这个孩子，我想，由于他的腿，将永远是农村里的一个饿死鬼。他永远不能使锄头或是抬筐子。他更不能当兵，因此他将永远不能看见城市。但愿至少给他一点愿望。

“大船上的这种汽笛，”那天我谈到汽笛时，他对我说，“是像战争时候人们在卡奈利吹的那种号声吗？”

“你听到过？”

“当然。他们说比火车的汽笛声还响。所有人都听得到。夜里人们出来看他们是不是在轰炸卡奈利。我也听到了，还看到过飞机……”

“可是如果他们还抱着你……”

“我发誓我记得。”

努托，当我对他说我告诉那孩子什么时，就像是要把低音单簧管放到嘴上吹一样撅起嘴，用力摇了摇头。“你做错了，”他对我说，“你做错了。你为什么要让他有愿望？只要事物不改变，他就将一直是个不幸的人……”

“至少他该知道他失去了什么。”

“你希望他能用它做什么。当他看到在世界上有人过得好有人过得不好，这会对他造成什么结果？如果他能够明白这个，你只要看看他父亲就够了。只要在星期天到广场去，在教堂的台阶上一直有一个人在乞讨，像他一样是瘸子。而在里面，则有专为富人设的凳子，用黄铜写着名字……”

“越是唤醒他，”我说，“他越是明白东西。”

“但把他送到美国是没有用处的。美国已经在这里了。在这里就有百万富翁和饿死鬼。”

我说钦托应该学一种职业，为了学它，他必须从他父亲的爪子下走出来。“也许他生来是个私生子还更好些，”我说，“应该走出来，并且摆脱困境。在进到人群之前，他会像他父亲一样长大。”

“有些东西需要改变。”努托说。

于是我对他说钦托是聪明的，对于他来说，也许需要一个农场，它对于他就像莫拉以前对于我们一样。“莫拉就像世界一样。”我说，“是一个美国，一个海港。有的人去有的人来，人们劳动和说话……现在钦托是个小孩，但以后要长大。将会有女孩……你愿意估价认识聪明女人的意思吗？像伊莱奈和西尔维亚一样的女孩？……”

努托什么也不说。我已经发现他不愿意谈到莫拉。尽管告诉了我什么有关当乐师的那些年的东西，最老的话题，也就是当我们还是孩子时的话题，他任它落下[①]。或者也许是在开始讨论时以他的方式来改变话题。这次他沉默着，向前伸着嘴唇，只是在我向他讲述在庄稼茬里的篝火的故事时，他抬起头。“他们做得对，”他跳起说，“他们唤醒土地。”

“可是，努托，”我说，“就是钦托也不相信这个。”他说，尽管他不知道这是什么，热或烈焰或情绪是不是被唤醒了，事实是，所有那些在其边缘上被点了篝火的耕地都给出一个更加多汁更加鲜亮的收成。

“这是新的，”我说，“那么你还相信月亮了？”

“月亮，”努托说，“不管愿意不愿意，必须相信它。你试着在满月时砍一棵松树，虫子就把它吃光。一只小桶，你必须在月亮年轻时[②]去洗它。一直到那些移栽嫁接，如果不在月

① 也就是不拾起这个话题。
② 应该是指新月时。

亮的最初几天做，它们就不扎根。”

于是我对他说在世界上我听到许多这种故事，但是最粗俗的就是这些。关于政府和教士言论尽管他觉得有那么多该说的东西，可是如果随后他就像他祖母的那些老人一样相信这些迷信，那是没有用的。就在这个时候，努托渐渐平静下来，对我说，迷信只是那种做了坏事的东西，如果一个人使用月亮和篝火是为了偷窃农民并使他们处在黑暗之中，那么他将是个无知的人，并且应该要在广场上枪毙他。可是在说话之前我必须重新变成乡下人。一个像瓦利诺一样的老人将不会知道别的什么东西，但土地，他认识它。

我们像发疯了的狗一样争论了一段时间，但是人们在锯木厂里喊他，我笑着走下来到了大路上。我有一半的欲望想要去莫拉，但是随后天就热起来了。朝着卡奈利看看（这是个色彩生动的，宁静的白天），我只看一眼就看到了贝尔波的平原，正面的加米奈拉，侧面的萨尔托，鸟巢的小楼房，在它的悬铃木林当中呈红色，出现在极远的山丘的边上。如此多的葡萄园，如此多的河岸，如此多的被烧过的几乎是白色的山坡，使我想要依然还在莫拉的那个葡萄园里，在收葡萄的时候，看着马泰奥先生的女儿们带着小篮子来到。莫拉在那些朝着卡奈利而生长的树木的后面，在鸟巢的山坡下。

然而我在便桥上穿过贝尔波河，并且一边走，一边反复地想，没有什么比一块很好地锄过，很好地捆扎过，有着合适的叶子和被八月的太阳烤焦的土地的气味的葡萄园更美的了。一片被很好地耕作过的葡萄园就像是一个健康的身体，一个活的身体，它有它的呼吸和汗水。并且，我一边再一次看看自己的周围，一边想着那一丛丛的树和芦竹，那些小灌木，那些河岸——周围的村镇和地点的所有那些名字——它们是没有用的，不给予收成，但是这些东西也有它们的美——每片葡萄园有它的污渍——使人乐于将眼睛投向这里并且知道这里的鸟巢[①]。我想，女人们身上就有某种类似的东西。

我真愚蠢，我说，二十年来一直在外面，这些村镇在等待着我。我想起了第一次走在热那亚的大路上的那种失望——我走在路的中央，寻找一点草。那里有港口，不错，有女孩们的脸，有商店和银行，但是一片芦竹丛，一股柴捆的气味，一块葡萄园，这些在哪里？月亮和篝火的故事我也知道。只是我发现，我不再知道自己知道它。

① 此处的鸟巢是真正的鸟窝，而不是那个庄园。

第十章

如果我开始想这些东西，我就再也不会结束了，因为在我的头脑里转着那样多的事情，那样多的希望，那样多过去的耻辱，还有我相信已经为自己制造了一个地位，有了一些朋友和一个家、能够将自己的名字写在上面并种一个花园的那些次数。我已经相信这一切，甚至对自己说“如果能够挣这四个索尔多，我就和一个女人结婚，并把她和儿子送到镇子里去。我希望他们在那里像我一样长大”。可是，儿子，我没有；妻子，我们不谈这个——对于一个从海上来的，根本不知道月亮和篝火的家庭来说，这个山谷是个什么东西？必须在这山谷里制造骨头，在骨头里有这个山谷，就像有葡萄酒和玉米糊一样，这时你不需要谈论它就认识了它，并且你在许多年里不知不觉地带在心中的所有那些东西由于一阵刹车的叮当声，由于一头牛尾巴的一击，由于一碗汤的味道，由于一个你夜里在广场上听到的声音，这时醒来了。

事实是钦托——就像我小时候——不懂这些事，镇子里，也许除了某个曾经远离的人，没有人知道这些事。如果我想与他相互理解，与在镇里的每一个人相互理解，我必须向他谈到外面的世界，说我自己的事。或者最好是不谈这些：就像什么事也没有那样，把写在脸上和藏在口袋里的美国、热那亚、钱随身带着。这些事令人高兴——只除了努托，这是可以理解的，他努力理解我。

我看见人们在天使旅馆里，在市场上，在院子里。有人来找我，人们重新喊我“莫拉的那个人”。他们想要知道我做的是什么生意，我是不是买下天使旅馆，是不是买下公共汽车。在广场上，他们把我介绍给本堂神父，他说到一个已经破败的小礼拜堂；介绍给市政府秘书，他把我领到一旁，对我说，如果我们愿意寻找的话，在市政府里应该还有我的档案。我回答他说我已经去过亚历山德里亚，去过了医院。最不爱管闲事的人总是骑士，他知道当地所有古老的地点和过去的市长[1] 的所有恶行。

在大道上和在那些农场里，我感觉好一些，但在这里人们也不相信我。我能向什么人解释说我要找的只是看看我过去已经看过的某个东西吗？看一些大车，看一些干草房，看一个木桶，一个栅栏，一朵菊苣花，一块蓝方格的围巾，一个喝水用的葫芦，一个锄头柄？我也喜欢那些脸，正如我经常看见的那样：满是皱纹的老妇，小心翼翼的公牛，戴着花饰的女孩，带有鸽楼的房顶。对我来说，已经过去的是一些季节，而不是一些年。我碰到的东西和谈话越是和以前的一样——大热天，集市，以前的收成，世界开始之前——越是使我感到高兴。还有汤，酒瓶，修枝刀，打谷场上堆的树干。

在这里努托说我做错了，我应该造反，在这些山丘上还过着一种牲畜般的、非人的生活，战争没有给任何东西带来好处，所有的一切还和过去一样，除了已死的人。

我们还谈到瓦利诺和他的小姨子。我们说，瓦利诺现在和小姨子睡觉，这不算什么——他能做什么？——可是在这个家里发生着悲惨的事：努托对我说，当瓦利诺解下自己的皮带，像抽牲畜一样抽女人们时，从贝尔波河的平原上，都能

---

① 此处的市长在原文里是 podestà，是法西斯时期的市政府长官（通常的市长是 sindaco）。podestà 和 sindaco 在意大利文里是两个不同的词，译成汉语，都是“市长”。为便于区分，凡遇原文是 podestà 的市长，都采用仿宋体字。

听到她们在号叫，他也抽钦托——不是酒，他喝的不多，而是穷，是这种没有出路的生活带来的愤怒。

我也知道了教父和他家人的结局。那个想要把房子卖给我的科拉，他的媳妇告诉了我这一切。他们去了科萨诺，用完了卖掉小房子得来的那四个索尔多，在那里，教父很老很老地——几年前——死在女儿们的丈夫把他丢弃的一条大道上。小女儿还是个女孩时就结婚了；另一个，安乔利娜，是在一年之后，她们嫁给了住在栎树的圣母[①]那里的两个兄弟，就在树林后的一处农场。她们在那上面和老头和孩子们生活在一起；她们制作葡萄和玉米糊，仅此而已；面包，她们每个月下山烤一次，因为住得太远。那两个男人劳动很猛烈，使牛和女人们疲劳不堪；小女儿在一块田里被雷电打死了，另一个，安乔利娜，生了七个孩子，后来因为肋间长了个肿瘤而躺下了，受苦和叫喊了三个月——医生一年上山一次——连神父也没有看见就死了。女儿们都死了，老头不再有任何人在家里肯给他吃的了，于是就在乡村和集市上到处转；科拉曾经在战争爆发的前一年好像看到过他，长着一把白色的大胡子，胡子里满是草。他最后也死了，是在一处农场的打谷场上，他当时进去乞讨。

这样我也就不用去科萨诺找我的异父母的姐妹，去看看她们是不是还记得我了。那张开嘴躺着的安乔利娜一直留在

① 栎树的圣母，村镇。

我的脑子里，就像她母亲在去世的那个冬天那样。

然而有一天早晨，我沿着铁路，从我在莫拉那时走了许多次的那条路去了卡奈利。我从萨尔托山下经过，从鸟巢下经过，我看到有着触到屋顶的椴树的莫拉，女孩们的阳台，玻璃窗，柱廊的低矮的那一翼，我们那些人过去就在那里。我听到我不认识的声音，我走开了。

我由一条在我小时候没有的长长的林荫大道进了卡奈利，我立即感觉到了气味——是葡萄被榨后抛弃的残渣的、贝尔波河的微风的和苦艾酒的刺鼻气味。那些小路还是和过去一样，带着窗上的那些花，人的脸面，照片，小楼。有最多活动的地方是在广场上——一个新的酒吧，一个加油站，一辆摩托车在大片尘土中来来去去。但是那棵大悬铃木在那里。当然了，钱总是在奔跑。

我在银行和邮局里过了那个上午。一个小城市——谁知道，在周围，在山丘上有多少别的别墅和小楼。我小时候就没有错，卡奈利的那些名字在世界上很重要，从这里打开一扇广阔的窗口。从贝尔波的桥上我看着山谷，和那些朝着尼扎方向的低矮山丘。任何东西都没有改变。只不过是，前一年，一个男孩坐着两轮马车来这里和爸爸一起卖葡萄。谁知道对于钦托来说，卡奈利是不是也是世界的门。

于是我发现一切都变了。我喜欢卡奈利，是因为它本身，就像到达这里的谷地和山丘和河岸。我喜欢它是因为在这里一切都终止，因为它是最后的村镇，在这里季节而不是年相互交替。卡奈利的工业家们能够制造所有他们愿意造的起泡酒，经营事务所、汽车、车皮、仓库是我也在做的工作——经过热那亚的大道从这里出发通向谁知道什么地方。我以前就从加米奈拉开始，走完了这条大道。如果我能重新是个孩子，我会再一次走完它。那么，这又怎么样呢？努托，他从来没有真正地离开过这里，他也想要了解世界，改变事物，打断季节。或者也许不，他一直相信月亮。可是我，我不信月亮，我知道总之只有季节是重要的，是季节为你造出了骨头，当你是个孩子时你吃的是季节。卡奈利是整个的世界——卡奈利和贝尔波河谷——在那些山丘上，时间不经过。

将近晚上时，我在沿着铁路的大道上回返。我走过林荫大道，从鸟巢下经过，经过莫拉。在萨尔托的房子里我发现系着围裙的努托，一边刨木头，一连小声吹着口哨，脸色阴沉。

“出了什么事？”

有一个人在开垦一片未耕种的地时，在加米奈拉的台地上发现了另两个死人，是共和国[①] 的两个密探，头都被压碎了，也没有鞋子。医生和法官都跟着市长跑上山去辨认，可是过

① 本书中的共和国都是指意大利社会共和国。墨索里尼被罢免首相职务并软禁后，不久被德国人救出，于一九四三年十一月建立非法政权意大利社会共和国，因政权所在地为萨罗镇，故又被称为萨罗共和国。

了三年还能认出什么东西？他们应该是共和国分子，因为游击队员都是在谷地里死的，他们或是在广场上被枪毙和在阳台上被绞死，或者是人们把他们送到德国去。

“那还有什么要烦恼的呢？”我说，“既然是这样。”

可是努托在深思，一边阴沉着脸吹着口哨。

第十一章

几年前——在我们这里已经有战争了——我度过了一个夜晚，每次我沿着铁路行走，这个夜晚都回到我的脑子里。我那时已经预感到了后来发生的事——战争，拘禁，财物没收——并试图卖掉木屋和迁移到墨西哥。这是最近的边界，我在弗莱斯诺[1]看见过相当多的贫穷的墨西哥人，足以知道自己该去哪里。后来这个想法被我放弃了，因为对于我的那些成箱子烈酒，墨西哥人也许不知道怎么用，另外，战争开始了。我被当场

① 美国加利福尼亚的一个城市。

抓住了——我厌倦了预见和奔跑，厌倦了明天重新开始。后来轮到我前年在热那亚重新开始。

既然我当时知道这不会持续很长时间，做事、劳动、冒险的愿望在我的两手之间熄灭了。我十年来已经习惯了的这种生活和这群人，转而使我害怕，使我愤怒。我开着小卡车在国道上到处跑，一直到沙漠，一直到尤马[①]，一直到长着丰茂树木的森林。我有了要看看别的东西而不是圣华金[②]的河谷或平常看到的那些脸的疯狂。我已经知道战争一结束，我就会不得不过海回去，我这时过的生活是危险的和临时的。

后来我也放弃了在南方的这条大道上走。这是个太大的国家，我根本到不了任何地点。我不再是那个和铁路工人队伍在八个月里到达加利福尼亚的年轻人了。许多的家乡也就意味着没有任何一个家乡。

那个晚上我的小卡车在开阔的乡村里出了故障。我已经算好了在天黑时到达三十七号车站，并在那里睡觉。天很冷，一种又干又多尘土的冷，田野是空空的。说田野也就是说太广阔了。望不到头的一大片灰色的多荆棘沙地和不是丘陵的小山，还有铁路的柱子。我围着发动机瞎忙——什么事都做不了，我没有点火线圈。

① 美国亚利桑那州南部的一个镇子，靠近加利福尼亚州界和墨西哥边界。

② 弗莱斯诺镇北的一条河。

这时我开始害怕起来。在整个白天里我只与两辆汽车交错：它们去往海岸。在我这方向，没有任何车。我不是在国道上，我原想要穿过那个县。我对自己说："等着吧。会有人经过的。"一直到第二天也没有任何人经过。幸好我有些被子可以把自己裹起来。"明天怎么办？"我说。

我有足够的时间研究路基上的所有石子，枕木，一株干枯的刺菜蓟的薄绒，大道下凹地里的两棵仙人掌的肥厚的主干。路基的石子有着被火车烧过的那种颜色，全世界的路基石子都有这颜色。一阵微风在大道上吱吱响着吹过，给我带来一股盐味。天冷得像冬天一样。太阳已经落下了，平原消失了。

在这个平原的各个窝里，我知道跑着有毒的蜥蜴和千足虫；蛇统治着这里。开始了野狗的嗥叫声。它们并不危险，但是它们使我想到我身在美国的最深处，在一片沙漠当中，离最近的车站有三小时的汽车路程。夜晚来了。铁路和几列柱子是给人以文明的唯一标志。至少经过了火车。已经有好几次我背靠着一根电报柱子并听着电流的嗡嗡声，就像孩子们常做的那样。这电流从北方来，去往海边。我重新研究起地图来。

狗继续叫着，在平原这片灰色的大海里——一个像雄鸡鸣唱一样打断空气的声音——放置寒冷和厌烦。幸好我身边带着威士忌酒瓶。我抽烟,抽烟,以使自己平静下来。当天黑了,完全黑了时,我把仪表盘开亮。前灯我不敢开。至少会经过一列火车。

我想到了人们讲述的许多东西,是在大道还没有的时候来到这些路上的人的故事。有人发现他们躺在凹地里,除了骨头和衣服,别的什么也没有。匪徒,渴,中暑,蛇。在这里,很容易相信,曾经有过一个时代,在那时,人们相互杀害,在那时没有人把脚触到地上,除非想要留在这里。那条由铁路和公路构成的细细的线就是人们在这里投入的所有劳动。离开大道,在星星下面,进入凹地里和仙人掌丛里,这是可能的吗?

离得最近的一只狗的喷嚏声,和一声石头的滚动,使我惊跳起来。我关掉仪表盘;又几乎是立即开亮它。为了克服害怕,我想起将近晚上时,我超过了一辆坐着墨西哥人的小车,由骡子拉着的小车上,包袱、衣物捆、长柄平底锅和人脸,满得都伸出车外了。应该是一个去圣贝尔纳尔迪诺[①]和更远的地方去赶季节的家庭。我看见孩子们细瘦的脚和骡子的蹄子在大道上拖着。脏得发白的裤子在飘动着,骡子向前伸着脖子,拉着车。经过他们时我曾想这些可怜的人可能会在一片凹地宿营——那个晚上他们肯定到不了三十七号站。

① 加利福尼亚南部靠近红色沙漠的一个小镇。

我想，这些人又在哪里有他们的家？有可能出生并生活在一个像这样的国家里吗？然而他们使自己适应，他们去寻找土地出产东西的季节，过一种不让他们太平的生活，半年在洞穴里，半年在田野上。这些人不曾有过从亚历山德里亚的医院经过的需要——世界已经用饥饿，用铁路，用他们的革命和石油，把他们从家里赶了出来，现在他们跟在骡子后面，滚着去滚着来。有一头骡子的人还是幸运的。有的人赤着脚出发了，连个女人都没有。

我从驾驶室下来，在大道上跺着脚以使它们温暖。平原是苍白的，缀着一些模糊的阴影，在夜里大道很难被看见。风一直冰冷地吹在沙上，现在狗不叫了；能听到叹息，声音的影子。我喝了足够多，以至不能再喝了。我嗅到那种干草和咸风的气味，想着弗莱斯诺的那些山丘。

然后火车来了。开始时像是一匹马，一匹马带着小车走在卵石上，并且已经隐隐地能看到车灯了。一时我希望是一辆汽车或那辆墨西哥人的小车。然后它使整个平原充满嘈杂声并制造一片光亮。谁知道蛇们和蝎子们会对这说什么，我在想。它把我打倒在大道上，从许多的小窗里照亮我的汽车，仙人掌，一只跳着逃走的受到惊吓的小动物；它飞奔而去，拍打着，吸着空气，抽着我的耳光。我等了它那样长的时间，可是当黑暗再次落下，沙地重新发出吱吱嘎嘎的声音时，我对自己说就是在一片沙漠里这些人也不让你安静。如果说明天，为了不让自己被拘禁，我必须逃走，藏起来，我已经感觉到警察的手就像火车的呼叫一样落在我的背上。这就是美国。

我回到驾驶室，我用一条毯子把自己裹起来，试图打个瞌睡，就像我是在美景大街的街角上。这时我反复想，虽然加利福尼亚人那样精明，这四个穿得破烂的墨西哥人却做着一件他们中的任何一个人也许都不知道的事。女人和孩子在这片沙漠里宿营和睡觉——在这个就是他们的家的沙漠里，在这里他们也许和蛇相互理解。必须去到墨西哥，我说，我打赌说这就是为我而造的那个国家。

夜更深时，一阵喧闹把我惊醒。似乎整个平原就是一片战场，或是个大院子。有一种微红色的光，我浑身僵硬地走出驾驶室；在低低的云之间钻出一片月亮，它就像是一条刀划的伤口，使平原染上血。我站着朝月亮望了一阵。它确实令我害怕。

第十二章

努托没有弄错。加米奈拉的那两个死人是一件令人烦恼的事。医生，收款员，三四个在酒吧里喝苦艾酒的爱运动的年轻人，开始愤怒地说话，互相问有多少尽了自己义务的可怜的意大利人被赤色分子野蛮地杀死了。因为，他们在广场上小声说，是赤色分子朝颈背开枪而没有任何审判。后来女教师——一个戴着眼镜的小女人，她是秘书的妹妹，一些葡萄园的主人——经过，她开始喊叫着说她打算去河岸寻找其他的死人，所有的死人，去用锄头把可怜的孩子们从地下挖出来，希望这足以让人把某个共产党无赖，那个瓦莱里奥，那个帕耶塔，那个卡奈利的书记[1]，关进监狱，最好是绞死。有一个人说:“很难责怪共产党。在这里匪帮是自主的。”“有什么要紧，”另一个人说，“你不记得那个向人征用毯子的系三角巾的跛子了？”“还有储蓄所被烧时……”“自主，什么都有……”“你记得那个德国人……”“他们是不是自主的，”别墅的夫人的儿子叫喊着说:“这没有关系。所有的游击队员都是杀人犯。”

“对于我来说，”医生慢慢地看看我们说道，“过错不是这个或那个个人的。这是整个一种游击战的，非法性的，流血的形势。也可能这两个人确实做了密探……可是，”他在他重新开始的争论中吐字清晰地说道，“谁组织了最早的匪帮？谁希望内战？谁向德国人和别的人挑战？是共产党人。总是他们。是他们该负责任。杀人凶手就是他们。这是个荣耀，我们意大利人甘愿任他们……”

这个结论让所有人感到高兴。这时我说我不同意。他们问我怎么回事。我说，在那年，我还在美国。(安静）我在美国被拘禁。(安静）在美国，正是在美国，我说，各个报纸印出一份国王和巴多约[2]的宣言，命令意大利人进入丛林，进行

① 应该是共产党在卡奈利的书记。

② 皮埃特罗·巴多约（1871–1956），意大利元帅，曾任利比亚总督和埃塞俄比亚总督，在墨索里尼倒台后被任命为首相，使意大利与同盟国停战。

游击战，从背后攻击德国人和法西斯分子。（他们笑了）再也没有人记得这事了。他们又开始了讨论。

我走开了，女教师喊着：“他们全是私生子。”又说：“他们想要的是我们的钱。土地和钱，就像在俄国一样。谁反对就把谁赶出去。”

努托也到镇上来听听，他像一匹马一样惊了一下。“怎么可能，”我问他，“这些小伙子中没有一个人曾经在这里，并且能说这事[①]？在热那亚，游击队员们甚至还有一张报纸……”

“这些人里没有一个，”努托说，“这群人全都是那些在战争结束后戴上三色围巾[②]的人。有人在尼扎，做职员……曾经真正冒过生命危险的人，不愿意说那些事。”

那两个死人无法被认出来。人们将他们放在一辆小车上送到老医院里，许多人去看他们，歪着嘴出来。“啊呀，”女人们在小巷的门口说，“所有人都会轮到一次。可是这样真野蛮。”根据尸体的不高的身高和两人中的一个挂在颈上的一块圣杰纳罗像[③]的小圣牌，初审法官总结说他们是南方人。他宣

① 意思是在场的这些年轻人中总应该有人曾在这个镇子里经历战争的那些年，因而能说出事实真相。

② 指与意大利国旗颜色相同的围巾，也就是说，这群人等到战争结束了，全都出来欢庆解放了。

③ 圣杰纳罗是四世纪时殉教的圣人，后被那不勒斯市奉为主保圣人。

布他们为“无名者”，并结束调查。

不结束调查并且忙碌起来的人是本堂神父。他立即召集市长，上士，一个家长委员会和各个女子修道院的院长。骑士让我知道了这个消息，因为他对本堂神父生气，本堂神父甚至都不告诉他就摘掉了凳子上的那块铜牌。

“我母亲过去跪的那个凳子，”他对我说，“我母亲，她对教会做的好事比十个这种乡下佬都要多……”

关于游击队员，骑士不加评判。“男孩们，”他说，“都是些正在进行战争的男孩……当我想到那么多……”

总之本堂神父把水引向自己的磨坊[①]，他还没有消化掉那个为在各个黑房子前被绞死的游击队员立的石碑的揭幕典礼[②]，典礼于两年前举行，不是由他主持，而是由一名特地从阿斯蒂[③]来的社会党的代表主持。在他住所的那些会议上，本堂神父发泄了仇恨。所有人都尽情发泄，并且达成一致。由于无法揭发任何前游击队员，因为已经过了好长时间了，再说镇子里也不再有颠覆分子了，他们决定至少进行政治战役，让人在阿尔巴都能听到这场战役，还要为两个受害者举行一场庄严的美好的下葬仪式；以群众大会和公开地革出教门来对付赤

① 意思是只顾自己，损人利己。

② 没有消化掉，意思是一直怀恨在心。黑房子，法西斯党部的大楼。

③ 皮埃蒙特大区的城市，在卡奈利西北大约三十公里处。

色分子。补救和祈祷。所有的人都被动员了。

“我不会为那些时候高兴的，”骑士说，“战争，法国人说，战争是件肮脏的职业。可是这个教士在利用死去的人，如果他有母亲，他也会利用他母亲的……”

我经过努托的家以便也告诉他这事。他在耳朵后面搔了搔头，看看地面，痛苦地咀嚼着。“我早就知道这个，”他然后说，“他已经想过这样用吉普赛人来一次进攻……”

“什么吉普赛人？”

他告诉我说在四五年的那些日子里，一帮年轻人俘虏了两个吉普赛人，几个月来，他们来来去去，玩着双重戏法[①]，给游击队的支队做记号。“你知道是什么样的，在队伍里什么都有。全意大利的人，还有外国的人。也有无知的人。从来没有看见过那样的混乱。够了，他们不是把两个人送到司令部去，而是抓住他们，把他们放到一口井里，让他们说他们去宪兵队的军营有多少次。后来，两个中的一个，他有好嗓子，对他们说要唱歌来救自己。这个被捆着的人坐在井上唱了，唱得像个疯子，用上所有的力气。当他正唱时，他们给每人一锄头，让他们躺下了……我们在两年前就已经把他们从地下挖出来了，并且神父很快就在教堂里做了祈祷……而为黑房子的那些人[②]的祈祷，

① 意思是为两边（游击队和法西斯）都做事。

② 指在黑房子前被处死的游击队员。

从来就没有做过，这我知道。”

“如果我是你，”我对他说，“我就会去请求他为被绞死的人举行一个弥撒。如果他拒绝，就让他在全镇人面前出丑。”

努托冷笑，没有任何的快乐。“他能够接受，”他对我说，“并且照样能在这里举行他的群众大会。”

于是星期天举行了葬礼。政府，宪兵，蒙着面纱的女人，马利亚修道院的女孩们。那个魔鬼还使穿着黄色上装的鞭笞派[①]也来了，真是一场苦刑。人们从所有的地方都出来了。女教师，也就是葡萄园的主人，已经派出女孩子们到处洗劫花园。装扮得像过节一样的本堂神父带着闪亮的眼镜，在教堂的台阶上讲话。尽是废话。他说，时代曾是魔鬼般的，灵魂经历了危险。太多的血被抛洒，太多的年轻人还在听着仇恨的话。祖国、家庭、宗教一直在受着威胁。红色，殉教者的美丽颜色，已经变成反基督的标志，在它的名义下已经犯下了并且正在犯下那样多的罪。我们也需要悔过，涤罪，补救，给这两个被野蛮地杀死的不知名的年轻人以一个基督教的埋葬——由于是在外面杀死的，上帝知道，他们没有得到临终圣事的安慰——并且补救，为他们而祈祷，立起一道心的栅栏。他还说了一句拉丁语。让那些没有祖国的人，那些粗暴的人，那些没有上帝的人看看。他们不应该相信敌人已经被打败。在

① 一个苦行教派。

意大利太多的市镇里敌人还在炫耀着他的红旗……

这些话没有令我不高兴。就是这样，在那个太阳下，在教堂的台阶上，我已经有多少时间再也没有听到一个神父讲他自己的话了。想想在小时候，当维尔吉利亚带我们去做弥撒时，我以为神父的声音是某种像雷声，像天空，像四季一样的东西——也就是对田野，对收成，对活人和死者的得救有益。现在我发现死人对他有益。他不需要变老也不需要认识世界。

不欣赏这些话的人是努托。在广场上，他的一个亲戚对他挤眼睛，在走过时小声地对他说了句话。于是努托跺跺脚，感到难受。只要是关于死人，不管是黑衫党，还是正常的死人，他都不能做别的事。与死人打交道，神父们总是对的。我知道这个，他也知道这个。

第十三章

人们在镇子里反复谈到这件事。那个本堂神父很能干。他趁热打铁，第二天为那些可怜的死者，为那些仍然处在危险中的活人，为那些将要出生的人，做了一次弥撒。他告诫不要加入颠覆性的党派，不要读反基督的和淫秽的书报，如果不是为了生意，不要去卡奈利，不要在酒店里停留，嘱咐女孩们把自己的衣服加长。听到小女人们和店主们现在在镇子里的谈话，血就像压榨机下的葡萄汁一样已经流遍了那些山丘。所有的人都被偷了被烧了，所有的女人都被弄大了肚子。

一直到前市长在天使旅馆的那些小桌上明白地说，在先前那些时候这些事没有发生过。这时卡车司机跳出来——一个卡罗索的人，面目凶恶——问他，在先前的时候，康采恩的硫黄最后都到哪里去了。

我回到努托[1]家，发现他在量一些轴，一直阴沉着脸。妻子在家里给孩子喂奶。她从窗口对他喊着说他真愚蠢，自找烦恼，说从来也没有谁靠政治赚到什么东西。我在从镇子到萨尔托的整个这段大路上都在反复地思考这些东西，却不知道如何对他说我想的东西。这时努托看了看我，拍拍尺子，生硬地问我，我是不是还不够，我在这些村子里找到了什么东西。

“那时你们应该这样做，”我对他说，“狡猾的人不会去试试马蜂的。”

于是他在窗里叫道：“科米娜，我走了。”他拾起外衣，对我说：“你想喝吗？”当我等着时，他向在棚子下的学徒们嘱咐了些东西；然后转向我说道：“我心里烦。我们出去走走。”

我们顺着萨尔托向上爬。一开始他什么也不说，或者仅仅说：“葡萄今年真美。”我们在河岸与努托的葡萄园之间走过。我们放弃小路，而取小径——小径很陡，需要在山坡斜着走。

---

① 杜格·汤普森注释：普遍认为，木匠努托这个人物是根据帕韦塞的终身朋友，圣斯泰法诺-贝尔波的木匠皮诺洛·斯卡廖内塑造的。

在一行葡萄的拐弯处我们遇到贝尔塔，不再走出田产的老贝尔塔。我停住以便说些话，以便让自己被认出——我再也无法相信会重新找到依然年老并且这样缺牙齿的他——可是努托径直走过去，只是说："我们向你问好。"贝尔塔当然不认得我。

一直到这里我已经登了一段时间，斯皮里塔家的院子在这里结束。我们以前在十一月到这里来偷他家的枇杷。我开始看自己的脚下——干干的葡萄园和悬崖，萨尔托的红屋顶，贝尔波河和树林。努托现在也放慢了步子，但我们还在顽固地坚持走着。

"可恶的，"努托说，"是我们是些无知的人。这个镇子整个都在那神父的手中。"

"什么意思？为什么你不回击他？"

"你想要在教堂里回答？这是这样一个镇子，一段谈话只能在教堂里说。如果不，人们就不相信你……淫秽的和反基督的书报，他说。但愿人们连年历都不读。"

"必须从镇子走出去，"我对他说，"听别的钟声，呼吸空气。在卡奈利就不一样了。你已经听到连他都说卡奈利是地狱。"

"够了。"

"开始了。卡奈利是世界的大道。过了卡奈利，到了尼扎。尼扎之后是亚历山德里亚。单靠自己你们永远做不出东西来。"

努托发出一声叹息，停住了。我也停下，向下看着山谷之中。

“如果你想要改变某种东西，”我说，“你就应该和世界保持接触。你们不是有一些为你们活动的党，有一些代表，有一群专门的人吗？你们说话,你们相互找。在美国人们就是这样做的。党派的力量是由许多像这样的小镇子构成的。神父们从来不是孤立地工作，他们在背后有一个由其他神父组成的联盟……为什么那个曾经在黑房子前讲话的代表不回来了？……”

我们在四根芦竹的阴影里坐在硬草上，于是努托向我解释为什么那代表不回来。从解放的那天——那个被人盼望的四月二十五号——开始，一切都越来越坏。在那几天确实是做出了些东西。如果连分益佃农和镇子里的穷人也不去满世界走走，在战争的那年，世界就来叫醒他们。那时有所有地方的人，南方人，托斯卡纳人，城里人，学生，疏散者，工人。“甚至德国人，甚至法西斯分子也是对某种东西有用的，他们使那些最愚蠢的人都睁开了眼睛，迫使所有的人通过他们的方式展示自己，我在这边你在那边，你为了剥削乡下人，我是为了让你们也有一个未来。而那些抗拒者，那些逃脱者，他们已经让老爷们的政府看到光有参加战争的愿望是不够的。当然，在整个那个四八年[①]里还作了恶，人们毫无理由地抢劫

① 一八四八年，意大利和欧洲许多国家都发生了革命，政治动荡。故“四八年”代指动荡混乱的年代。

和杀人，但不是那么多。总是比，”努托说，“以前的强大者扔到大路上或者使他们死掉的那些人要少。”那么后来呢，事情如何发展的呢？人们不再保持警戒了，人们相信盟军，人们相信现在——冰雹过后——从地窖，从别墅里，从教区里，从修道院里钻出来的那些以前的强大者。“而我们懂得这个，”努托说，“一个神父，如果仍然敲钟，他应该感谢游击队员们，因为是他们为他保住了那些钟，他却为共和国和两个共和国的密探辩护。如果他们是不为任何原因就被枪毙的，他是不是就有权在公开场合诬蔑那些为保卫镇子而像苍蝇般死去[①]的游击队员？”

当他说话时，我自己看着对面的加米奈拉，在这个高度上，它好像更加巨大，是一座像一颗行星一样的山丘，从这里能够分辨出我以前从来也没有看到过的平地、小树林、小道。我想，有一天，我需要登上去。这也是世界的一部分。我问努托：“那上面以前有游击队员吗？”

“游击队员到处都在，”他说，“人们追捕他们就像追捕野兽一样。他们的人死在所有的地方。有一天我听到在桥上开枪，第二天在朝波尔米达那边就有死人。他们从来也不能安静地闭上一只眼睛，从来也没有一处洞穴是安全的……到处是密探……”

---

① 像苍蝇般死去，意思是大批地死去。

“你也当过游击队员？你曾经在那里？”

努托克制着，摇了摇头。“所有的人都做了点事。太少……可是有这个危险，一个密探派人去烧你的家……”

我在这上面研究着贝尔波的平原，还有那些椴树，下面莫拉的院子，那片田野——所有的东西都被缩小了和弄乱了。我从来没有从上面看过那田野，这样小。

“前一天我从莫拉下面经过，”我说，“栅栏的那棵松树没有了……”

“会计师尼科莱托让人把它砍了。那个无知的家伙……他让人砍它是因为乞丐们在树荫下停留和乞讨。明白了吧？对他来说，半个家被吃掉还不够。他甚至不愿意一个穷人停在树荫里，让他觉得有愧……”

“可是怎么会走到这个鬼地步的？都是有四轮马车的人。如果老头子[①] 在，就不会发生这种事……”

努托什么也不说，拔着成簇的干草。

“不是只有尼科莱托，”我说，“女孩们呢？当我想到这事时，血就在我浑身滚着。她们两个人都喜欢玩乐，西尔维亚是个和所有人都能混到一起的蠢货，这不错，可是一直到老头还活着时，他们常常纠正她……至少继母不会死……而那

① 指马泰奥先生。

小的女儿，桑蒂娜[1]，什么结局？”

努托还在想着他的神父和那些密探，因为他又一次扭曲了嘴，嚼了嚼唾沫。

“她曾经在卡奈利，”他说，“人们不能忍受和尼科莱托在一起。她让黑色旅们[2]快乐。所有人都知道这事。然后有一天，她消失了。”

“可能吗？”我说，“可是她做了什么？桑塔，桑蒂娜？想想在六岁时就那样美……”

“你没有在她二十岁时看见她，”努托说，“另两个女孩什么都不是。他们把她宠坏了，马泰奥先生眼里只看见她……你记得伊莱奈和西尔维亚不愿意和继母一起出门，以免丢脸的时候吧？而桑塔比她们两个，比她们两个加上她妈妈一起都美。”

“可是怎么，她消失了？不知道她做了什么？”

努托说：“知道。婊子。”

“有这样丑恶的事？”

“婊子和密探。”

“人们把她杀了？”

“我们回家吧，”努托说，“我本来想散散心的，可是跟你在一起根本就不能。”

---

① 桑塔是马泰奥先生的小女儿，桑蒂娜是桑塔的昵称。

② 代指法西斯武装黑色旅的成员。

第十四章

这像是一个命运。有几次我问自己为什么，这么多活着的人中，现在只剩下我和努托，只有我们。曾经在身上（一天早晨，在圣地亚哥[①] 的一个酒吧里，我在那里几乎发疯了）有过的从那条大路走出来，在松树和那长着椴树的拐弯处之间的栅栏走动，听说话声，笑声，母鸡叫声，并且在所有人的——仆人们的，女人们的，那条狗的，老头的——震惊的脸前面说“我在这里，我回来了”——并且女儿们的金黄的眼睛和黑色的

① 美国加利福尼亚的一个城市，靠近墨西哥边界。

眼睛将从阳台上认出我来——的愿望[①]，这个愿望我再也没有把它从我身上挖掉。我回来了，我突然冒出来了，我发了财——我睡在天使旅馆并且与骑士谈话——但是，那些脸，那些声音，和那些应该触摸我和认出我的手，不再有了。已经很长时间不再有了。剩下来的东西就像是集市次日的一片广场，收葡萄之后的葡萄园，当有人挡住你时的独自回到旅馆。努托，唯一留下来的人，已经变了，是个和我一样的男人。简单地说吧，我也是一个男人，我是另一个人——即使我重新发现莫拉就像我在第一个冬天，然后是夏天，然后又重新是夏天和冬天，在所有那些年里的白天和夜晚认识它的那样，也许我根本就不知道该拿它做什么。我从太远的地方来——我不再是属于那个房屋的，我不再是像钦托一样了，世界已经改变了我。

夏天的晚上，当我们坐在松树下或是院子里的横木上守夜时——行人们在栅栏旁停下，女人在笑，有人从马厩里走出来——谈话总是这样结束。老人们，农场管理人朗佐奈，赛拉菲娜，有时候，马泰奥先生，如果他下楼来的话，他们说："是，是，小伙子们，是，是，女孩子们……想着长大吧……我们的爷爷们就是这样说的……当轮到你们时，

① 此处是在想象自己回到莫拉，这里的老头是指马泰奥先生，女儿们是指马泰奥先生的三个女儿。意大利语中的 tutti（所有人，所有的）把人和动物都包含在内。

会看到的。”在那个时候，我还不相信这个“长大”是什么东西，我以为只是做些困难的事——就像买一对公牛，算葡萄的价钱，操作脱粒机。我当时不知道长大的意思就是离开，变老，看见人死去，重新发现莫拉像现在这样。我当时在心里想：“如果我不去卡奈利，如果我不赢得旗子[1]，如果我不为自己买一个农场，如果我不变得比努托还了不起，我就吃掉一条狗[2]。”然后我想到马泰奥先生和他的女儿们的双轮大车。想到阳台。想到客厅的钢琴。我想到大桶和那些装谷物的房间。想到圣罗科节[3]。我当时是个正在长大的男孩。

下冰雹以及随后教父不得不卖掉小房子去到科萨诺当仆人的那年，在夏天里已经有好几次他派我在白天去莫拉做短工。我当时有十三岁，但做一些事，并且给他带一点钱。我在早晨穿过贝尔波河——有一次朱利亚也来了——并且和女人们，和仆人们，和齐利诺，赛拉菲娜一起，我们帮助摘核桃，收高粱，收葡萄，照看牲畜。我喜欢那个这样大的院子——在这里一个人身处许多人之中，没有人找你——并且还靠近大路，在萨尔托山丘下。这么多新的脸面，马车，马，带有小窗帘的窗子。这是第一次我看见花，一些真正的花，就像那些在教堂的花。在椴树下，朝着栅栏的方向，有满是百日草、百

① 意思是获得成功。
② 吃掉一条狗，可能是一种发毒誓的说法。
③ 圣罗科是中世纪时的圣徒，他的节日在八月十六日。

合花、香车叶草、大丽花的花园——我懂得了花是一种和果实一样的植物——它们开出花来而不是结出果，并且被摘取，为夫人、为女儿们服务，她们带着阳伞出门，当她们在家里时，她们把花放在花瓶里。伊莱奈和西尔维亚当时有十八或二十岁，我有几次偶尔看见过她们。然后有桑蒂娜，刚刚出生的异母妹妹，埃米利亚每次听到她尖叫都跑上去用摇床摇晃她。

晚上，在加米奈拉的小房子里，我向安乔利娜，向教父，向朱利亚，如果她没有也来莫拉，讲述这些事情，于是教父说："那是个能够买所有东西的人。朗佐奈和他过得很好。马泰奥先生永远也不会死在大路上。我能这样说。"甚至那把我们的葡萄园剃得光光的冰雹，都没有打在贝尔波河的那一边，平原上和萨尔托山丘上的田产就像一头小公牛的背一样闪着光亮。"我们完了，"教父说，"我该怎么还康采恩的钱？"已经像这样老了，他害怕的就是没有房子没有地地死去。"你卖吧，"安乔利娜咬着牙对他说，"我们到随便什么地方去。""这里还有你的妈妈。"教父低声抱怨说。我明白那个秋天是最后的秋天，当我沿着葡萄园或者在河岸上走时，我总有那种窒息的感觉，好像人们在喊我，好像什么人来赶我走。因为我知道自己什么人都不是。

后来的事情是本堂神父——当时的那个，一个有着粗大关节的大块头老头——插手这件事，他为别的人购买，他与康采恩说话，他一直去到科萨诺，他安排女孩们和教父——和我，当小推车来取橱柜和那些草垫子时，我到牲畜圈里去解山羊。已经没有了，他们把它也卖了。就在我为山羊哭时，本堂神父到了——他有一把灰色的大阳伞，和沾满烂泥的鞋子——他斜着看了看我。教父在院子里转着，揪自己的胡髭。“你，”那神父对我说，“不要像个小女人。这个家对你算是什么东西？你年轻，前面还有很多时间。想想长大好回报这些人为你做出的善事……”

我已经知道了一切。我知道并哭泣。女孩们在家里不肯出来，因为本堂神父在那里。“在教父要去的那农场，”这人说道，“你的姐妹们已经是多余的了。我们已经为你找到了一个不错的家。感谢我吧。在那边他们将会让你劳动。”

就这样，在最初的寒冷到来时，我进了莫拉。最后一次走过贝尔波河时我没有回头。我过了河，肩上挂着木鞋，我的小包袱，还有包在一块手帕里的四个蘑菇，是安乔利娜送给赛拉菲娜的。我和朱利亚是在加米奈拉发现它们的。

接纳我到莫拉的是仆人齐利诺，有农场管理人和赛拉菲娜的许可。他立即让我看了马厩，这里有小公牛，母牛，在一道木栅栏后面是拉车的马。在棚子下有新的上过漆的两轮马车。在墙上，是许多马具和带着结的鞭子。他说那几夜我还睡在干草上；然后会为我在他睡觉的放谷物的房间里放一个草垫子。这个房间和放压榨机的大房间和厨房，在地上不是夯实的土而是水泥。在厨房里有一架橱子，带有玻璃窗和许多杯子，在壁炉上方有一些用闪亮的红纸剪出的齿状花饰，埃米利亚对我说如果我碰了可就倒霉了。赛拉菲娜看看我的衣服，问我是不是发现自己还在长大，她对埃米利亚说，要她为我找一件冬天穿的外套。我所做的第一件劳动就是砍一捆柴和磨咖啡。

对我说我像一条鳗鱼的人是埃米利亚。那个晚上，我们在天已经黑了时就着油灯的光吃饭，所有的人都在厨房里——两个女人，齐利诺，农场管理人朗佐奈对我说，在饭桌上的羞耻是好的，但劳动要爽快地做。他们问我有关维尔吉利亚，有关安乔利娜，有关科萨诺的情况。然后，人们在上面喊埃米利亚，农场管理人去马厩了，我单独和齐利诺留在布满了面包、乳酪、葡萄酒的桌子前。这时我胆子大了起来，齐利诺对我说在莫拉所有人都有东西吃。

冬天就这样来了，下了许多雪，贝尔波河结了冰——在厨房里或在马厩里人们过得暖和，只有院子里和栅栏前要铲雪，人们去取另一捆柴——或者我为齐利诺浸泡柳树棍，打水，与男孩们一起玩弹子球。圣诞节，元旦，主显节来了；栗子被烤熟，我们喝葡萄酒，我们吃了两次火鸡和一次鹅。夫人，女儿们，马泰奥先生让人为他们套上双轮马车以便去卡奈利；

一次他们带回家一些果仁饼，并且给了埃米利亚一点。星期天我和萨尔托的那些男孩，和女人们一起到镇子里做弥撒，我们并且带面包去烤。加米奈拉的山丘是荒芜的，覆着白雪，我在贝尔波河的干枯的树枝当中看到了它。

第十五章

我不知道我是不是会买一块地，是不是会开始同科拉的女儿说话——我不相信，我的白天现在就是电话，寄信，各个城市的铺石路面——但是还在我回来之前，我就有那么多次从一家酒吧出来，上一列火车，在晚上回来，在空气中嗅着季节，提醒自己剪枝的时候到了，收割的时候到了，撒硫酸盐的时候到了，洗小木桶的时候到了，剥芦竹的时候到了。

在加米奈拉我什么也不是，在莫拉我学会了

一门职业。在这里再也没有任何人对我说起市政府的那五个里拉，第二年我已经再也不想科萨诺了——我是鳗鱼，为我自己挣面包。在一开始时是不容易的，因为莫拉的土地从贝尔波的平原一直去到山丘的一半，而我，由于习惯了教父一个人就足够对付的加米奈拉的葡萄园，面对这么多牲畜和这么多耕地和这么多脸面，感到混乱。我以前从来没有看见过仆人们劳动，装这么多车的谷物，这么多车的玉米，收这么多的葡萄。我们在大路下面论袋子估算的只是些蚕豆和鹰嘴豆[①]。我们这些人和主人们加在一起有十多个人要吃饭，我们卖葡萄，卖小麦和核桃，卖所有东西，农场管理人还另存着钱，马泰奥先生养着马，他的女儿们弹钢琴，并且进出卡奈利的那些女裁缝家，埃米利亚在餐桌上侍候她们。

齐利诺教我看管那些小公牛，在它们刚把牲畜棚弄脏后就为它们换草。“朗佐奈爱小牛就像爱老婆。”他对我说。他教我好好地为它们洗刷，为它们准备喝的，为它们叉适量的干草。到圣罗科节，他们把它们送到集市，农场管理人在那里为自己挣些马棱戈。在春天，当我们撒肥料时，我拉着冒着气的小车。季节好时，则要在天亮之前出门到田地里去，必须在天黑后在星星下，把牲畜拴在院子里。那时我有一件外

① 这句是说先前在教父家里时，收的只是蚕豆和鹰嘴豆（都是穷人吃的食物）。

套，它一直垂到我的膝盖，我感到暖和。然后，赛拉菲娜或者埃米利亚和太阳一起来到，送喝的淡酒，或者是我回家一趟，我们吃早饭，农场管理人说白天的劳动，在上面的房间，人们开始动了起来，人群在大道上经过，八点钟，人们听到最早的火车的汽笛声。白天我都是割草、翻弄干草、取水、准备碱性碳酸铜、浸泡菜园这么度过的。当遇到佣工们劳动的日子时，农场管理人派我盯着他们，让他们锄地，让他们把硫黄和肥料好好地放在叶子下，不要让他们在葡萄园的深处停下来说话。佣工们对我说，我是个和他们一样的人，要我让他们安静地抽烟头。“注意看事情是怎么做的，”齐利诺对我说，一边在双手上唾一口，举起锄头，“明年你也会喜欢劳动的。”

因为现在我还没有真正地劳动；女人们在院子里喊我，派我做这个做那个，当她们和面时和点火时，她们把我留在厨房里，我就在听着，我看着走来走去的人。齐利诺，他是个和我一样的仆人，他觉得我只是个孩子，就交给我一些任务，这些任务使我处在女人们的监督之下。他和女人们在一起的时间不多；他差不多老了，没有家，星期天，他在点燃托斯卡纳烟时告诉我说，他根本不愿意到镇子里去，他宁可在栅栏后面听过路人说话。有几次我逃到大路上一直到了萨尔托的房子，到努托的父亲的店里。这里当时就已经有了现在仍然有的所有那些刨花和老鹳草。这里随便什么人走过，或是去卡奈利或是回返，都要停下来说自己的故事，木匠操纵着刨子，操纵着凿子或锯子，并且和所有人说话，谈到卡奈利，谈到过去的时候，谈到政治，谈到音乐和疯子，谈到世界。有一些日子我能够停下来，因为我有些任务要做，我一边和别的孩子玩，一边注意听着这些谈话；就好像大人们是为我谈这些话的。努托的父亲读报纸。

就是在努托的家里人们也说马泰奥先生的好处；他们说当他在非洲当兵时，所有的人都以为他已经死了，教区[1]，未婚妻，他的母亲，还有狗[2]，狗日日夜夜在院子里哭着。有一天晚上，卡奈利的火车从树林后面经过，狗疯狂地吠叫起来，母亲马上就明白是马泰奥坐在火车上回来了。都是些老故事了——莫拉在那个时候只有简陋的农舍，女儿们还没有出生，马泰奥先生总是在卡奈利，总是乘着双轮大车到处转，总是在打猎。他鲁莽，但平易近人。他一边笑着和吃着饭，一边处理生意。就是现在，早晨他吃一个辣椒，在楼上他喝好葡萄酒。在一些时间之前他埋葬了妻子，她为他生了两个女儿；不久之前他与这个现在已经进到他的家的女人生了一个女儿，他不管自己已经老了还总是在开玩笑和下命令。

① 指整个教区的人。
② 此处的狗也是“所有人”中的一员。

马泰奥先生从来没有耕作过土地，马泰奥先生是个老爷，但他也没有上过学或旅行过。除了那次去非洲，他还从来没有去过比阿奎伊更远的地方。他曾有过对女人的疯狂喜好——齐利诺也说这件事——就像他的祖父和父亲曾经有过对财物的喜好，并且曾经把农场合到一起。他们是这样一种血[1]，由土地和物质欲望造成，这种血喜爱丰足，有的人喜爱葡萄酒，谷物，肉，有的人喜爱女人和钱。就在祖父是个锄着自己的地的人时，儿子们已经变了，他们更爱享乐。但是就是现在马泰奥先生只看一眼就能说出一块葡萄园应该产出多少千升[2]的葡萄酒，那一块地能产出多少袋谷物，那片草地需要多少肥料。当农场管理人把账带给他时，他们把自己关在上面的一个房间里，给他们送咖啡的埃米利亚对我们说马泰奥先生早就把账牢牢记住了，他记得住一辆车，一个小筐，前一年损失掉的一天。

在带玻璃窗的门背后的那条通向上面的楼梯，我有很长一段时间没有上去，它使我太害怕了。埃米利亚来来去去的，她能够命令我，因为她是农场管理人的侄女，当上面他们有什么事时，她系着围裙在服务，有时埃米利亚从窗子，从阳台上喊我，要我上去做事，给她拿什么东西。我努力消失在

① 此处的血指的是人的本性、本质。
② 一种容量单位。

拱廊下。一次我必须带着一只奶桶上去，我把它放在楼梯平台的砖地上，逃走了。我记得那天早上，在阳台的屋檐上有什么东西要弄，人们喊我为那个正在修理的人扶住梯子。我走过楼梯平台，穿过两个满是家具、日历、花——一切都是光亮，轻的，就像是镜子——的阴暗房间，我在红色的砖上赤脚走着，夫人冲出来，黑黑的，脖子上挂着圣牌，手臂上搭着床单①，她看了看我的脚。

从阳台上埃米利亚喊道："鳗鱼，来，鳗鱼。"

"米利亚② 喊我。"我结结巴巴地说。

"去吧去吧！"她说。"快过去。"

在阳台上，她们把洗过的床单晾起来，有太阳，在远处朝着卡奈利方向，是鸟巢的小楼。伊莱奈也在，金黄头发的她倚着阳台的栏杆，肩上盖着一块毛巾，在让人为她擦干头发。正扶着梯子的埃米利亚对我喊道："上来，动起来。"

伊莱奈说了几句话，她们笑了。在我扶着梯子的整个这段时间里，我看着墙和水泥，为了排遣自己，我想着当我们这些男孩去躲在芦竹丛中时，我们之间的那些谈话。

---

① 因为是在黑暗中，所以看到夫人是黑黑的（并不是皮肤黑），只有脖子上的圣牌和手臂上的床单是亮的。

② 也就是埃米利亚。

第十六章

从莫拉比从加米奈拉更容易下到贝尔波河边，因为加米奈拉的大道是在荆棘和金合欢之中伸向水里。而那边的河岸是由沙子，由柳树和矮草般的芦竹丛，由一直延伸到莫拉的耕地的大片树林构成的。在那几个盛夏的某些天里，当齐利诺派我去修剪柳树或割柳树枝时，我把这事告诉我的伙伴们，我们在河岸边会合——有人带着破篮子，有人带着口袋，我们光着身子捉鱼和玩耍。我们在太阳下炽热的沙地上跑着。就是在这里我吹嘘我的绰号鳗鱼，也就是在那时尼科莱托出于嫉妒说要告我们的密，并且开始喊我是私生子。尼科莱托是夫人的一个姨妈的儿子，冬天时住在阿尔巴。我们互相扔石头，但我必须小心不要打伤他，为的是在晚上时他没有青肿可以在莫拉给人看。后来有几次农场管理人或女人们在田里劳动时看见我们，于是我不得不就这样光着身跑着躲起来，一边提上裤子一边冲进田地里。被农场管理人在头上敲一记和骂一句对我来说是免不了的。

但是这一切与那个钦托现在所过的生活相比，就不算什么了。他父亲总是跟在他身后，从葡萄园里监视着他，两个女人朝他喊，诅咒他，他们希望他不是在皮奥拉家停留，而是带着草，带着玉米穗，带着兔子皮，带着牛粪回家。在那个家里什么都缺。他们吃不到面包。他们喝稀汤。玉米糊和鹰嘴豆，很少的鹰嘴豆。我知道这是什么，知道在灼热的时间锄地和撒硫酸盐意味着什么，带着饥饿和口渴。我知道小屋子的葡萄园就是对于我们来说也是根本不够的，并且我们还不必分配收成[①]。

瓦利诺和谁都不说话。他锄地，整枝，捆葡萄枝，吐痰，修补；他粗暴地对待小牛，咀嚼玉米糊，向院子里抬起眼睛，用眼睛指挥。女人们跑着，钦托逃着。然后是晚上，在去睡觉的时候——钦托在河岸一点点地啃着吃晚饭——瓦利诺抓

① 瓦利诺要与别墅的夫人分配收成。

住他，抓住女人，抓住他碰到的随便什么人，在门口，在干草仓的梯子上，用皮带抽打他们。

我从努托那里听来的那一点点，和当我在大路上遇到钦托并和他说话时他那总是注意，总是紧张的脸，就足以使我明白加米奈拉现在是什么了。有狗的故事，他们把它捆住，不给它吃的，狗在夜里听到刺猬，听到蝙蝠和貂，于是像个疯子一样大叫，想要捉住它们，它大叫，对着月亮大叫，月亮在它看来像是玉米糊。于是瓦利诺从床上下来，用皮带抽用脚踢，差点杀了它。

一天，努托决定来加米奈拉，看看那个木桶。他不愿意知道这些，他说："我已经知道如果我对他说，就是把他当成穷人，就是说他过着牲畜的生活。我能对他说这话吗？这会……首先必须是政府烧掉钱和所有保护钱的人……"

在路上，我问他是不是真的确信是贫穷使人们变成了牲畜。"难道你没有在报纸上读到过那些百万富翁，他们服毒和朝自己开枪？有些罪恶是要花钱的……"

他回答我说正是这样，是钱，总是钱：有钱或没有钱，只要它们存在，任何人都不会得救。

当我们到小屋子时，小姨子罗西娜，就是也长着像小胡子一样的唇毛的那女人，走出来，她说瓦利诺在井边。这一次他没有让人久等，他来了，对那女人说："把这狗狠狠揍一顿。”连一刻也没有让我们在院子里停留。“这么说，”他对努托说，“你想看看那个桶？”

我知道桶在哪里，知道那矮拱门，那些破砖和那些蜘蛛网。我说：“我在屋里等一下。”终于把脚落在了那台阶上。

我还没来得及看看自己的周围，就听到啼哭，慢慢的呻吟，喊叫，就像是从一个累得无法抬高声音的喉咙里出来的。外面，狗在挣扎和嗥叫。我听到它尖叫，一声重击，尖声的嗥叫——他们朝它发出的。

我这时在看。那老女人坐在靠墙的床垫上，身子缩向一侧，半穿着衬衣，黑色的双脚伸在外面，她看着房间，看着门，继续呻吟着。床垫彻底破了，里面的树叶都出来了。

那老女人小小的，脸就像女人在摇篮上哼曲子时握着拳头低声嘟噜的幼儿的拳头一样大。这里有畜栏的气味，陈旧的尿的气味，醋的气味。要知道这呻吟她白天和黑夜都发出，没有人能够发出这呻吟。她眼睛闭着朝门口看着我们，不改变声调，不说任何话。

我听到罗西娜在我身后，便走了一步。于是我寻着她的目光对她说：“她要死了，什么病？”可是那小姨子不回答我的话，却说：“如果她满意[①]。”伸手去拿一只木椅子，把它放在我面前。

① 意思是，如果她愿意，死就死好了。

那老女人像只断了翅膀的麻雀一般呻吟着。我看着这如此小的已经改变了的房间。只有小窗子是那窗子，还有正在飞的苍蝇，和在烟囱上的石头的裂缝。现在在一只靠着墙的盒子上有一个南瓜，两个杯子和一瓣大蒜。我差不多立即走出来，那个小姨子像条狗一样跟在我后面。在无花果树下我问她那老女人有什么病。她回答我说她老了，自言自语，念《玫瑰经》。

“可能吗？她不是喊疼吧？”

在她这年龄，那女人说，所有的疼痛都有。一个人说的随便什么东西，都是呻吟。她斜着看看我。“我们都轮得到。”她说。

然后她来到草地边，开始号叫：“钦托，钦托。”就好像别人在杀她，就好像她也在哭。钦托没有来。

出来的是努托和那做父亲的，从牲口厩里出来。“你们有一头好牲畜。”努托说，“这里的草料够它的吗？”

“你疯了，”瓦利诺说，“这该是女主人的事。”

“事情就是这样，”努托说，“一个主人为牲畜提供草料，而不是向为他种地的人提供草料……”

瓦利诺在等着。“我们走吧，我们走吧，”努托说，“我们快点走。然后我给你们送胶粘剂来。”

一边走下小路，他小声对我说有人甚至会从瓦利诺那里接受喝一杯。“他都过这种生活了！”他愤怒地说。

然后我们都不说话了。我想着那老女人。在芦竹丛背后，钦托带着一包草冲出来。他一瘸一拐地迎着我们走来，努托对我说我真有胆量，给钦托的头脑里装满愿望。

“什么愿望？随便什么别的生活对于他来说都是更好的……”

每一次我遇到钦托时，我都想送给他几个里拉，但后来我忍住了。就是给了他，他也不会享受它的，他能用它做什么呢？但这一次我们站住了，努托对他说：“你找到蝰蛇了吗？”

钦托冷笑了一下，说：“如果我找到它我就割了它的头。”

“如果你不去冒险碰它，蝰蛇也不会咬你的。”努托说。

这时我想起了我小的时候，于是对钦托说：“如果你星期天到天使旅馆来，我送给你一把漂亮的收折刀，带搭钩的。”

“真的？”钦托说，双眼大张着。

“我说的是真的。你从来没有去萨尔托找努托？你会喜欢的。那里有长凳，有刨子，螺丝刀……如果你父亲让你来，我让人教你一门手艺。”

钦托抬起肩膀。“至于我父亲……”他小声结巴着说，“我不会告诉他这事。”

当后来走开时，努托说：“我全都明白，但对一个来到世界时就这样残疾的小孩子，就不明白了……他在这里要做什么？”

第十七章

努托说他记得第一次在莫拉看见我时的事——人们在杀猪，女人都逃走了，只除了那时刚能走路的桑蒂娜，她正好在猪喷出血时到达。“把这小女孩带走。”农场管理人喊道，我和努托追上她抓住她，我们被踢了不少脚。但是如果桑蒂娜那时走路并且跑，这也就是说我在莫拉已经有一年多了，并且我们在这之前就互相看见过。我觉得第一次应是在我还不住在那里时，在大冰雹前的那个秋天，在剥玉米时。我们在黑暗中在院子里，一排人，仆人，小孩，那附近的农民，女人——有人唱，有人笑，大家坐在长长的玉米堆上，我们在玉米穗包叶那干燥和多灰的气味中剥着玉米，我们把黄黄的玉米穗朝柱廊的墙扔过去。那个晚上有努托，当齐利诺和赛拉菲娜带着杯子到处转时，他像大人一样喝酒。他当时应该有十五岁，对我来说已经是个男人了。所有人都说话，并讲故事，小伙子们逗女孩们笑。努托带着吉他，他不剥玉米，而是弹琴。他那时就弹得很好了。最后所有人都跳了舞并说"了不起努托"。

但是这个夜晚每年都来，也许努托是对的，我们是在另一个场合见的面。在萨尔托的家里他已经和他父亲一起劳动了；我看见他在柜台前，但没有系围裙。他在柜台上的时间不多。他总是准备着溜走，要知道和他在一起，人们不是只做些小孩的游戏，不是丢失机会——每次都发生些什么，人们说话，遇到某个人，发现一个特别的鸟巢，一个从来没有看见过的野兽，到达一个新地点——总之，总是一个收获，一个可以讲述的事实。然而，我喜欢努托是因为我们总是意见一致，他对待我像对待一个朋友。他在那时就已经有了那双像猫一样的深凹的眼睛，并且当他说了一件事之后，结束道："如果我错了，请纠正我。"就是这样我开始明白，人说话并不是仅仅为了说话，为了说"我做了这个"、"我做了那个"、"我吃了喝了"，而是为了使自己有一个想法，为了理解这个世界变得怎么样才说话的。我以前从来没有这样想过。而努托早就知道这个，他就像是个大人；夏天的某些晚上，他来在松树下守夜——在阳台上有伊莱奈和西尔维亚，有母亲[①]——他和所有的人开玩笑，嘲笑他们中最可笑的人，讲农场的、狡猾的人和笨蛋的、演奏音乐的人的故事，还有与神父的契约，神父就像他的父亲[②]。马泰奥先生对他说："我要看看当你去当兵时，你会弄什么东西。在部队里，他们会把你那些怪念头除掉的。"于是努托回答说："要想把它们从这里全除掉是很难的。你不觉得在这些葡萄园里有许多怪念头吗？"

对于我，听那些话，做努托的朋友，认识这样的他，有着喝葡萄酒和听演奏音乐的效果。我当时为自己只是个孩子，一个仆人，为不能够像他一样谈话而感到羞愧，我觉得单靠自己什么事也做不成。可是他相信我，他对我说他愿意教我吹军号，带我去卡奈利看集市，让我朝靶子打十发。他对我说，愚昧无知的人不是由他做的工作被人认识的，而是由他如何做这工作被人认识的，说有几个早晨，他醒来时也想要坐到柜台上，开始制作一张漂亮的小桌子。"你怕什么，"他对我说，"一样东西是一边做着学会的。只要有这个愿望就行了……如果我错了，你纠正我。"

---

① 即夫人，桑蒂娜的母亲。

② 大概是说他对神父就像对自己的父亲一样了解。或者是他把神父描绘得像他的父亲。

后来的几年，我从努托那里学到了许多东西——或者也许只是我在长大并且开始自己明白了。然而是他向我解释为什么尼科莱托是这么个无赖。“他是个愚昧无知的人，”他对我说，“他以为，因为他住在阿尔巴，每天都穿着鞋子，没有人让他劳动，他就比像我们这样的一个农民更高贵。他家里的人送他去学校。是你在养活他，因为你种着他家里人的土地。他根本就不懂这一切。”是努托对我说，靠着火车，人们去到所有地方，当铁路结束时，就开始了海港，轮船按时出发，整个世界就是一张由道路和港口织成的网，就是旅行的、做事的和不做事的人们的一个时间表，在到处都有有本事的人和穷人。他还对我说了很多国家的名字，说只要读报纸就能知道它们的国旗。就是这样，有几天，我在田地里，在大道高处的葡萄园里，在太阳下锄地，听到在桃树林中，经过或是从卡奈利来的火车到达并使整个谷地充满巨响，在这些时刻，我停下来，拄着锄头，看着烟，车厢，看着加米奈拉，鸟巢的小楼，朝着卡奈利和卡拉芒德拉纳，朝着卡罗索看，我好像是喝了酒，觉得自己是另一个人，觉得自己像努托一样了，觉得自己终于和他一样了不起了，也许有一天，我也会登上那列火车去往谁知什么地方。

我已经骑着自行车甚至到卡奈利去了几次，并且我在贝尔波河的桥上停下——但是我在那里发现努托的那一次就好像是第一次。他是来为他父亲找一块铁，看见我在烟草店前，当时我正看着那些明信片。“这么说他们都已经卖给你香烟了？”他突然在我背后对我说。我当时正在研究两个索尔多能买多少个彩色的玻璃弹球，我感到羞愧，从那天起就再也不管玻璃球了。然后我们一起走了走，看着那些在咖啡馆里进出的人。卡奈利的咖啡馆都不是酒馆，不能喝酒，而是喝不含酒精的饮料。我们听着年轻人们说话，他们说到他们自己的事，并且非常非常平静地说着家里那些粗俗的事情。在橱窗里有一张印刷的招贴画，上面有一艘大船和一些白色的鸟，根本不必问努托，我就明白这是给那些想要旅行，想要看世界的人看的。然后我们谈到这件事，他对我说那些年轻人中的一个——一个金黄头发的人，戴着领带，穿着熨过的裤子——是银行的职员，那些想要上船的人都到银行里去达成协议。那一天我听到的另一件事是在卡奈利有一辆四轮马车，它不时地载着三个女人，甚至是四个女人出去，这些女人在大路上通过，一直走到火车站，走到圣安娜，沿着大道走上走下，在各种地点喝饮料——这一切都是为了让自己被人看到，为了招引顾客，是她们的老板研究过这一番游荡路线的，然后，谁有钱又到了年龄，就进到新别墅[①] 的那所房子里与她们中的一个睡觉。

① 一所房屋的名字。

“卡奈利所有的女人都做这个吗？”当我明白了这个时，我对努托说。

“也许好一点，但也并不是更好，”他说，“不是所有的女人都在马车里到处走。”

和努托在一起，曾有一个时候，那时我已经十六七岁了，他就要去当兵了，或者是他或者是我，我们在酒窖里偷一瓶酒，然后我们把它带到萨尔托，如果是白天我们就在芦竹丛中，如果有月亮我们就在葡萄园的边上，我们嘴对着瓶子喝着酒，一边谈着女孩子们。在那个时候我不相信的一件事，就是所有的女人都是被按一种样式造的，所有的都在找一个男人。女人就是她应该是的那样，我一边想着这事，说道；可是所有的女人，甚至是那些最美的，甚至那些最尊贵的，都喜欢同样一个东西，这就使我惊讶了。那时我已经更机灵点了，听过了许多这类事情，并且知道、看到伊莱奈和西尔维亚是如何跟在这个和那个男人后面跑的。可是这让我感到惊讶。当努托对我说：“你相信什么？月亮是所有的人都有的，雨水也是这样，病也是这样。人在山洞里或在一幢宫殿里都能过得好，血在到处都是红的。”我说：“可是这么一来本堂神父说什么，不是说犯罪吗？”

“星期五犯罪，”努托一边擦着嘴，一边说，“但还有另外六天。”

第十八章

可是我做着自己的那份劳动，现在，齐利诺有一次在听我说的关于一块田地的话，他认为我说得有理。是他对马泰奥先生说话，对他说必须修理我；如果他们想要把我留在田地上，让我盯着收庄稼，不要逃开去和男孩们一起寻鸟巢，就需要让我干短工。现在我锄地，撒硫黄，认识牲畜，犁地。我能禁得起疲劳。我自己还学会了嫁接，杏子树还在花园里我就已经把它插在李子树上了。马泰奥先生一天在阳台上喊我，西尔维亚和夫人也在那里，他问我我的教父最后是个什么结局。西尔维亚坐在轻便折叠椅上，看着椴树林的尖顶；夫人在织毛线。西尔维亚是黑色的头发，穿着红色的衣服，不如伊莱奈高，但她们两个人都比继母更加光彩。她们至少有二十岁了。当她们打着阳伞走过时，我从葡萄园里看着她们，就像人们看着树枝上两只过高的桃子。当她们来和我们一起收葡萄时，我就逃到埃米利亚那一行，从那里自顾自地吹口哨。

我说我再也没有看见过教父，问他为什么喊我。他让我为裤子上沾着碱性碳酸铜，甚至脸上都被沾上喷洒的药剂而感到烦恼：我没有想到在这里遇到那些女人。现在想想，显然是马泰奥先生故意这样做的，是为了让我难堪，可是在那个时刻，为了使我自己勇敢，我只想着埃米利亚告诉我们的关于西尔维亚的一件事："至于那女孩，她睡觉不穿衬衣。"

"你干这么多，"那天马泰奥先生对我说，"可是你竟让你的教父糟蹋葡萄园。你就不感到羞愧吗？"

"他们还是孩子，"夫人说，"他们已经要求干短工了。"

我羞愧得真想陷下去。西尔维亚从椅子上转着眼睛，对她父亲说了些什么。她说："有人去卡奈利拿那些种子了吗？在鸟巢，康乃馨已经开花了。"

没有人对她说"你去"。可是马泰奥先生看了我片刻，小声说："白葡萄园已经干完了？"

“我们今天晚上干完。”

“明天该做的是用车运……”

“管理人已经说过他会想这事的。”

马泰奥先生重新看看我，对我说我干有食有宿的短工，这对我来说应该足够了。“马知道满足，”他对我说，“可是劳动比你多。小公牛也知道满足。埃尔维拉，你记得这男孩来的时候吗？那时他就像个麻雀。现在他胖了，长大了，像个修士。如果你不当心，圣诞节时我们就把你和那另一个家伙[①]一起杀了……”

西尔维亚说：“没有人去卡奈利吗？”

“对他说吧。”继母说。

桑蒂娜和埃米利亚来到了阳台上。桑蒂娜穿着红色的小鞋子，头发纤细，几乎是白的。她不肯吃牛奶面包，埃米利亚试图抓住她把她带进去。

“桑塔，桑蒂娜，”马泰奥先生一边站起来一边说，“到这里来，让我吃了你。”

当他们在杀那小女孩[②]时，我不知道我是不是应该走开。大厅的玻璃门闪着光，朝着贝尔波河那边远处看就能看见加

① 另一个家伙，可能指猪。

② 前面说过马泰奥先生好开玩笑。他先是威胁说要把鳗鱼杀掉，随后又说要吃了桑蒂娜。所以这里把他们强迫小女孩吃东西说成是在杀小女孩。

米奈拉，芦竹林，我家的那边河岸。我想起了市政府的那五个里拉。

于是我对正在使小女孩跳起来的马泰奥先生说："我明天应该去卡奈利吗？"

"你问她。"

可是西尔维亚从栏杆边叫喊着要人等等她。伊莱奈坐着马车和另一个女孩从松树下经过，火车站的一个小伙子为她赶着车。"你们带我去卡奈利吗？"西尔维亚喊道。

过了一刻女孩们都走远了，埃尔维拉夫人带着小女孩重新进到房子里，别的女人在大路上笑。我对马泰奥先生说："以前医院为我付五个里拉。我已经好久没有再看见这些钱了，谁知道谁领了。可是我劳动挣的比五里拉还多……我应该为自己买鞋子。"

那天晚上我感到幸福，我对齐利诺，对努托，对埃米利亚，对马说了这事：马泰奥先生已经答应我每个月五十里拉，全都给我。赛拉菲娜问我是不是愿意把钱存在她家——如果放在口袋里，我会把它们弄掉的。她问我这话时努托在场：努托吹起口哨来，说四个索尔多在手里比百万个在银行里要好。然后埃米利亚开始说她想要从我这里得到一件礼物，整个晚上人们谈的都是我的钱。

但是，正如齐利诺说的，现在我被修理过了，我该像个男人一样地劳动了。其实我根本就没有变，同样的手臂，同样的背脊，他们一直说我是鳗鱼，我不懂有什么差别。努托建议我不要当回事；他对我说，如果他们给我五十个里拉，也许我已经在干一百里拉的劳动了，还有，为什么我不买奥卡利那笛[1]。“我不可能学会吹的，”我对他说，“没有用的。我生来就是这样。”“其实很容易。”他说。我的想法是另一种想法。我已经想着用那些索尔多终有一天我就能够出发了。

可是夏天的索尔多我全都浪费在集市、打靶、干蠢事上了。就是在那时，我为自己买了一把带钩的刀，我用它来让晚上在圣安托尼诺大道上等我的那些卡奈利男孩害怕。如果一个人经常在各个广场上转并向自己的周围看，在那时人们最终会拳头上系着手帕等着他。以前，老人们说，以前还更糟糕——以前人们互相杀，互相动刀——在卡莫的大路上还有一个十字架在一处悬崖上，在那里人们曾把一辆小的双轮马车连同里面的两个人颠翻。可是现在政府已经用使所有的人都一致的政策来考虑这事了：曾经有过法西斯分子们的时期，那时谁想打人就可以打人，有宪兵的同意，没有人再动。老人们说现在比较好。

甚至是在这方面，努托就比我强。他那时已经到处转，

---

① 一种乐器。

并且能与所有的人辩论。还是冬天时，他就与一个圣安娜的女孩说话，并且在夜里走来走去，没有人对他说任何的话。也许是因为他在那些年开始演奏低音单簧管，因为所有的人都认识他父亲，因为他在足球赛中从不插嘴，反正就是，人们任他到处走和开玩笑，而不说他什么。他在卡奈利认识各种人，那时，当他听说人们想打什么人，他就已经把他们当成愚昧无知的人，当成傻瓜，他要他们把这工作让给那被人付了钱做这种事的人。他使他们羞愧。他对他们说只有狗才朝着外来的狗吠叫和跳，主人唆使一条狗是为了私利，为了继续当主人，而如果狗不是牲畜，它们就会团结一致朝主人吠。他从哪里得来这些想法，我不知道，我想是从他父亲和流浪者们那里；他说，这就像一八年进行的战争[①]一样——那么多的狗被主人放开以便互相残杀，而主人继续发号施令。他说只要读报纸——当时的那些报纸——就明白，世界充满着唆使狗的主人。我常常想起努托在这些时候的这句话，在某些天，你再也不必想要知道发生了什么事，只要走在大街上，就看到人们手里的报纸上，满是像暴风雨一样的标题。

现在我有了最初的那几个索尔多，我想要知道安乔利娜、朱利亚和教父生活得怎么样。但我一直找不到机会去找他们。我问那些在收葡萄的日子里，赶着装葡萄的马车去卡奈利，

① 第一次世界大战。

在大路上经过的科萨诺人。有一个人终于告诉我曾有一次他们在等我，朱利亚在等我，她记得我。我问女孩们现在怎么样了。“不是女孩，”那人对我说，“是两个女人。她们去干短工了，和你一样。”于是我就只想着去科萨诺了，可是一直没有找到时间，再说冬天道路太糟糕。

第十九章

集市的第一天钦托来天使旅馆取我答应给他的那把刀。人们对我说一个小男孩在外面等我，我发现他穿着节日的衣服，穿着木屐，在四个玩纸牌的人身后。他告诉我说，他父亲正在广场上看一把锄头。

“你要钱还是要刀？”我问。他要刀。于是我们出门来到太阳下，在卖布和卖西瓜的柜台间走过，在人群中走过，走到满是铁器、钩子、犁锄、钉子的铺在地上的口袋布前，于是我们寻找。

“如果你父亲看到了，”我对他说，“他会把它抢走的。你把它藏在哪里？”

钦托笑了，用他那没有睫毛的眼睛。“至于我父亲，”他说，“如果他抢我的刀我就杀了他。”

在刀的柜台前我让他自己选。他不相信我。“上前去，快点。”他选了一把甚至都能让我淌口水的刀：漂亮，巨大，七叶树的颜色，带有两片弹起的刀片和螺丝起子。

然后我们回到旅馆里，我问他有没有在沟里找到其他的纸牌。他把刀拿在手里，打开又合上，在手掌上试着刀刃。他回答我说没有。我对他说以前我在卡奈利的市场上为自己买过这样一把刀，我用它在田野里割柳树枝。

我让人给他端来一杯薄荷汁，在他喝的时候，我问他是不是已经上过火车或邮船。比起坐火车，他回答我说，他更喜欢骑自行车出去，可是莫罗奈家的戈斯多对他说过靠他的脚是不可能的，需要一辆摩托车。我开始向他讲述在加利福尼亚的时候，我开着卡车到处跑，他听着我说，再也不看着那四个玩塔罗牌的人了。

然后他对我说：“今天有比赛。”于是把眼睛看得展开了。

我正要对他说：“那你不去吗？”但是在天使旅馆的门口出现了瓦利诺，黑黑的。钦托听到了他，还没有看见他就已经感觉到他了，放下杯子，去到他身边了。他们一起消失在阳光下。

我该给予什么东西，才能仍然用钦托的那双眼睛看世界，像他一样，和那同一个父亲，也许带着那条腿，在加米奈拉重新开始——现在我知道了许多东西，并且能够保护自己。我对他感到的也许不是同情，有些时刻我嫉妒他。我觉得我甚至知道他在夜里做的那些梦和当他在广场上瘸着走路时在他头脑里经过的东西。我没有那样走过路，我不瘸，可是有多少次，看到去往卡斯提约奈的，科萨诺的，康佩托的集会、集市、骑马比赛，去往各个地方的那些在小椅子上坐着女人和孩子的喧闹的马车经过，我和朱利亚和安乔利娜停在核桃树下，无花果树下，桥边的矮墙上，在那些长长的夏天晚上，看着总是一样的天空和葡萄园。然后夜里，在大路上可以听到人们唱着、笑着、喊着穿过贝尔波河回来。就是在那些晚上，看见在远远的山丘上的一道光，一堆篝火，使我喊叫并在地上滚，因为我穷，因为我是个孩子，因为我什么都不是。如果来了一阵夏天的那种暴风雨，骚动，破坏了他们的节日，我可能要感到欢喜。现在想到这一切，我为那些时候感到惋惜，我真希望自己重新在那里。

我真希望自己重新在莫拉的院子里，那个八月的下午，所有的人都到卡奈利去赶集市，连齐利诺，连邻居们都去了，他们对只穿着木屐的我说："你也许不愿意光着脚去。那就留下来看家吧。"这是在莫拉的第一年，我不敢反抗。但是已经有一段时间盼望那个集市了：卡奈利一直都是有名的，应该会玩爬杆取物的游戏和套袋赛跑；然后是足球赛。

主人们和女儿们，还有小女孩和埃米利亚，也都坐着大马车走了；房子关了门。我单独一人，和狗和小牛们在一起。我在花园的栅栏后面待了一段时间，看着在大路上经过的人。所有的人都去卡奈利。我甚至妒忌乞丐和残废。后来我开始朝着鸽楼扔石子，以打破那些陶瓦，并听着石子在阳台的水泥地上落下和弹起。为了跟什么人作对，我拿起修枝刀，逃进田地里。“就这样，”我想，“我不看门。让人烧房子，让小偷们来。”在田地里我再也听不到过路人们的吵吵嚷嚷，这使我更加愤怒和害怕，我想要哭。我开始捕蚱蜢，把它们的腿撕下，就在关节处把它弄断。“该你们倒霉，”我对它们说，“你们应该去卡奈利。”然后我就喊叫渎圣的话，所有那些我知道的渎圣的话。

如果我敢，我就会在花园里来一场花的大屠杀。我想着伊莱奈和西尔维亚的脸，对自己说她们也要撒尿的。

一辆小型马车停在栅栏前。“有人没有？”我听到有人喊。是尼扎的两个军官，我曾经看见过他们在阳台上和她们在一起。我在柱廊后躲好，不说话。“有人没有？小姐们！”他们喊道，“伊莱奈小姐！”狗开始吠叫起来，我不说话。

过了一刻，他们走了，这时我有一种满足。“他们也是，”我想，“私生子。”我进了房子，以便吃一片面包。地下室关着门。可是在橱柜的隔板上，洋葱当中，有一整瓶酒，我拿了它，去到大丽花丛后面把它全喝了。现在我感到头晕，脑子在嗡嗡地叫，好像满是苍蝇。我回到房间里，我在橱柜前把瓶子在地上打碎，就好像曾经来过了猫，并且在那里洒了一点淡酒，以做出酒的样子。然后我就到干草堆上去了。

我一直醉到晚上，醉着给小公牛们喂了水，给它们换褥草，扔给它们干草。人们开始在大路上重新走过，我从栅栏后面问捆在彩杆上的是什么东西，赛跑是不是真的在口袋里，谁赢了。人们很乐意地停下来说话，从没有人和我说过那么多的话。这时我感到自己是另一个人，我简直要为没有向那两个军官说话，没有问他们想要从我们的女孩们那里得到什么，问他们是不是真的以为她们和卡奈利的那些女孩一样而感到生气了。

当莫拉重新有了人时，我已经知道了足够多的有关集市的事，能够和齐利诺，和埃米利亚，和所有的人谈论它了，就好像我曾去过。晚餐时还有喝的。大马车夜里很晚时回来，我已经睡了有一段时间了，我梦见自己爬上西尔维亚光滑的背，就像爬上彩杆一样，我听到齐利诺起来，去到栅栏那里，说话，关门，和马在喘气。我在床垫上翻着身，心想现在我们全在这里，这有多美。第二天，我们会醒来，会出来到院子里，会仍然说和听人说关于集市的话。

第二十章

那些时候的美好之处就是所有的事都是按季节做的，每个季节，根据劳动和收成，下雨或天晴，都有它的习惯和它的游戏。冬天，穿着粘着泥土的重重的木屐，双手碰破皮和被犁折断了肩膀，回到厨房里，可是随后，那些庄稼茬被翻过来后，全都结束了，下雪了。人们把那么多的时间用在吃栗子，守夜，转马厩，就好像永远都是星期天。

我记得冬天最后的劳动和乌鸫飞来后的第一件劳动——我们点燃的那些黑色的浸泡了水的树叶和高粱秆堆在田野里冒着烟，并且发出夜晚和守夜的气味了，或者说是为第二天许诺了好天气。

冬季是努托的季节。现在他是个年轻小伙子，并且吹奏低音单簧管，夏天时他在各个山上走，或是在火车站演奏，只有冬天才总在那周围，在他自己家，在莫拉，在各个院子里。他戴着自行车手的那种帽子穿着灰绿色的运动衣来了，并讲他的故事。说是人们已经发明了一种用来在树上数梨子的机器，在卡奈利夜里一些从外面来的小偷盗窃了厕所，卡罗索的一个人在出门前给孩子戴上口套为的是使他们不咬人。他知道所有人的故事。他知道在卡西纳斯科有一个人，葡萄卖完了，就把一百里拉面值的钞票铺在一张芦席上，早晨在阳光下晒一小时，为的是让它们不受损害。他知道另一个人，在库米尼，那人长了个像南瓜一样的疝气，终于有一天他要妻子试试也给他挤奶。他知道有两个人的故事，他们吃了公山羊，后来一个又跳又叫，另一个长出角。他讲有关妻子，有关被解除的婚约，有关地下室有死人的农场的事。

从秋天到一月，男孩们玩弹子球，大人们玩纸牌。努托会所有的游戏，但他更喜欢玩藏牌和猜牌，使牌从一大堆牌里自己出来，从兔子耳朵里把牌挖出来的游戏。可是当他在早晨进来时，发现我在打谷场上晒太阳，就把香烟折成两段，我们点着烟，然后他说："那么，我们去屋瓦上看看。"在屋瓦上的意思是说在鸽舍的小塔里，是一个顶楼，要从大楼梯爬上去，在主人们那一层的上面，人在那里要弯着腰。在那上面有一只箱子，许多破弹簧，烘衣炉，和一堆堆的填充物。一个圆形的小窗，朝向萨尔托的山丘，我觉得它像是加米奈拉的窗子。努托在那只箱子里翻找——里面满是被撕破的书，铁锈色的旧纸，账本，破画。努托快速地翻着那些书，拍打它们以掸去书上的霉菌，但只要稍稍触摸它们一下，手就会冰冷。这都是马泰奥先生的祖先们和他曾经在阿尔巴上过学的父亲的东西。那里有一些拉丁文的作品，像是用于弥撒的书，有一些作品上有摩尔人和动物的图画，就这样我认识了大象，狮子，鲸鱼。有几本书努托拿了，塞在运动衣下带回了家。"反正，"他说，"没有人用它们。""你用它们做什么？"我曾经问他说，"你不是已经买了报纸了吗？"

"它们是书，"他说，"只要你能够，就应该来这里面读。如果你不在书里读，你就永远是个穷鬼。"

在楼梯的平台上经过时能听到伊莱奈在弹琴；有几个有阳光的早晨，玻璃门开着，钢琴声传出到阳台上，进入椴树林中。

这对我总是造成这样一种效果，一架如此巨大的家具，黑色的，有着一种使窗玻璃发抖的声音，她单独一人弹着它，用小姐才有的那双长长的白手。可是据努托说,她弹得甚至很好。她从幼年时就在阿尔巴学习弹琴。把双手落在钢琴上只是为了发出嘈杂声，并且唱歌，然后笨拙地停下来的人，是西尔维亚。西尔维亚比伊莱奈小一岁或两岁，有几次还跑着上下楼梯——那一年她骑自行车出去，火车站长的儿子为她扶着车坐垫。

当我听到钢琴声时，我有时看看自己的双手，于是我明白在我和主人们之间，在我和女人们之间，差得很多。就是现在，我已经有差不多二十年没有干过体力劳动了，并且能够像我从来也不相信的那样写我自己的名字，如果我看看自己的手，我就明白自己不是个先生，并且所有的人都能发现我曾经拿过锄头。但是我也明白了，女人们自己对这事根本不在意。

努托曾经对伊莱奈说她弹得像个艺术家，他愿意一整天听她弹。于是伊莱奈把他叫到阳台上（我也跟他去了那里)，开着玻璃门，弹了几首很难但确实很美的曲子，这些曲子充满了整个房屋并且肯定一直到大道上的白葡萄园里都能听到。我喜欢这个，天哪。努托嘴唇向外突出地听着，就好像是在吹低音单簧管，而我透过玻璃门看到房间里的花，镜子，伊莱奈直直的背脊和正在用力的手臂，在谱纸上方的金黄色的头。我看到山丘，葡萄园，河岸——我明白这音乐不是农村那些团伙弹的音乐，换句话说，它不是为加米奈拉，也不是为贝尔波的树林，也不是为我们而造的。但是还可以看到，在远处，在萨尔托山朝向卡奈利那一侧，红色的鸟巢小楼处在它那些干枯的悬铃木当中。和小楼，和卡奈利的老爷们，伊莱奈的音乐是适合的，它是为他们做的。

“不！”努托突然喊道，“错了！”伊莱奈已经重新开始投身于弹琴了，但她点点头，几乎是脸红着看了他一下，一边在笑着。然后努托进到房间里，翻给她看谱纸，他们争论，于是伊莱奈又弹了。我留在阳台上，一直看着鸟巢和卡奈利。

马泰奥先生的那两个女儿不是为我，同样也不是为努托而生的。她们富有，太美丽，高傲。陪伴她们的是军官，老爷，测地员，已经长大的年轻人。晚上在我们当中，在埃米利亚，齐利诺，赛拉菲娜当中，总有某个人知道西尔维亚此刻在和谁说话，伊莱奈写的信去到了谁那里，谁在前一天晚上陪伴她们。人们说继母不愿意把她们嫁出去，不希望她们带着农场离开，她想要为她的桑蒂娜准备巨大的嫁妆。“是，是，你去留住她们吧，”管理人说，“两个这样的女儿。”

我不说话，夏季里有几天，坐在贝尔波河边，我想着西尔维亚。对头发那样金黄的伊莱奈，我不敢想。可是有一天，伊莱奈来带着桑蒂娜在沙地上玩，那里没有人，我看见她奔跑并在水边停下。我当时躲在一棵接骨木的后面。桑蒂娜叫喊着指着对岸的什么东西。于是伊莱奈放下书，弯下腰，脱下鞋子和袜子，头发那么金黄，衬着白皙的双腿，她把裙子提到膝盖的高度，进了水里。她慢慢地过了河，先用脚碰到对岸。然后，一边朝桑蒂娜喊着叫她不要动，摘了一些黄色的花。我记着这一切，就好像那是昨天的事。

第二十一章

几年后，我在热那亚当兵，在那里我发现一个长的像西尔维亚的女孩，和她一样的棕色头发，比她更丰满更狡猾，有着我进莫拉时伊莱奈和西尔维亚的年龄。我给我的上校当勤务兵，他在海边有一幢小别墅，他派我在别墅为他维护花园。我打扫花园，点燃炉子，烧洗澡水，在厨房里转。泰莱萨是用人，她为我说的话而取笑我。正是为了这个我才当勤务兵的，为的是不要总是被那些下士围着，那些人当我说话时总是嘲弄我。我正面看着她的脸——我总是这样做——我不回答，看着她。但是我注意人们说的话，我说话很少，并且每天都学到一点东西。

泰莱萨笑笑问我是不是有个女孩为我洗衬衣。“在热那亚没有。”我说。

于是她想要知道当我休假回家乡时我是不是把包袱带走。

“我不回家乡，”我说，“我想留在这里，在热那亚。”

“那女孩呢？”

“有什么要紧的，”我说，“在热那亚也有女孩。”

她笑了，想要知道是谁，比方说吧。于是我笑了，对她说：“谁也不知道。”

当她成为我的女孩，我在夜里上去到她的狗窝[①]里找她，我们做爱时，她总是问我想在热那亚做什么，如果没有一个职业，为什么我不愿意回家。她这样说一半是为了笑一半是严肃的。“因为你在这里。”我能对她说，但是这没有用，我们已经在床上拥抱在一起了。或者对她说就是热那亚也是不够的，说努托都曾经在热那亚住过，所有的人都来那里——我已经厌倦了热那亚，我想要去更远的地方——但是如果我对她说了这个，她就会发火，会抓住我的手，开始诅咒，说我也和其他所有的人一样。“可是别的人，”我对她解释说，“自愿地在热那亚停下，他们专门来到这里。我有一个职业，可是在

① 破烂糟糕的床。

热那亚没有人想要它。我需要去一个地方，好让我的职业为我带来收入。但我希望它是遥远的，希望我家乡任何人都没有到过那里。”

泰莱萨知道我是私生子，于是总问我为什么我不寻找，是不是我不急于至少认识我的母亲。“也许，”她对我说，“你的血就是这样的。你是吉普赛人的儿子，你的毛发弯曲……”

（埃米利亚，她给我起了鳗鱼这个名字，她总是说，我肯定是一个街头卖艺人和上朗加的一个母山羊的儿子。我说我是个神父的儿子。而努托那时就已经问我：“你为什么这样说？”“因为他是个懒汉。”埃米利亚说。于是努托开始叫喊道没有人生来就是懒汉或坏人或罪犯；人们生下来都是一样的，只是那些对你坏的人败坏了你的血[1]。“你拿加诺拉来说，”我反驳说，“他是个没有头脑的人，生来就笨。”“没有头脑并不意味着就是坏人，”努托说，“是那些跟在他后面叫喊的无知的人使他发怒的。”）

我只是在我怀抱里有一个女人的时候才想着这些事情。几年后——我已经在美国了——我发现对于我来说所有那些人都是私生子。在我生活的弗莱斯诺，我曾把许多女人带上床，和一个女人几乎结了婚，可是我从来也不清楚她们在哪里有

① 也就是说，人因为受到不公正的对待，才改变了天生的善良本性。

父亲和母亲和她们的土地。她们单独地生活着，有的在罐头制造厂，有的在一家事务所——罗萨娜是个从谁知道什么地方，从一个种小麦的州来的教员，带着一封给一个电影报纸的信，她从来也不愿意告诉我她在海岸边曾过过什么生活。她只说生活很艰难，a hell of a time[①]，这给她留下了一个有点粗哑的、尖叫的声音。这是真的，这里有一批又一批的人家，特别是在山丘上，在那些新房子里，在田产和水果工厂面前，夏天的晚上能听到喧闹声，在空气中嗅到葡萄和无花果的气味。成群的男孩和小女孩在狭窄的街道里和林荫道上跑着，可是那些人是亚美尼亚人，墨西哥人，意大利人，他们看上去总像是那时刚到的，他们用清洁工在城市里清扫人行道的方式耕种土地，他们在城市里睡觉和消遣。一个人从哪里来，谁是他的父亲或祖父，向任何人问这些，都不会有结果。而农村的女孩，那里没有。就是山谷高处的那些女孩也根本不知道一头山羊，一条河岸是什么东西。她们坐着汽车、自行车、火车奔跑，像事务所的那些女孩一样工作。她们成群地在城市里做所有东西，甚至还有葡萄节的彩车。

在罗萨娜是我的女孩的那些月里，我明白了她确实是个私生子，她伸在床上的双腿就是她全部的力量，她也许在那个种小麦的州或者谁知道什么地方有她的老人，但对她来说只有

① 一个糟糕的年代。

一件事重要——让我下决心和她一起回到海岸边，开一家带有葡萄藤的意大利小酒馆，a fancy place, you know[①]，在那里抓住机会，让什么人看见她并给她拍一张照片，以便随后印在一张彩色报纸上，only gimme a break, baby[②]，她乐于让人给她拍照，甚至是光着身子，甚至是在消防队的梯子上双腿张开着，只要让人认识她就行。由于她坚信我能对她有我也不知道的什么帮助，当我问她为什么来和我上床时，她笑了，说毕竟我是一个男人（Put it the other way round, you come with me because I' m a girl[③]）。但她不是个傻瓜，她知道自己想要什么——她只想要一些不可能的东西。她从不碰一滴酒（you looks, you know, are your only free advertising agent[④]）并且正是她，当人们废除那法令时，建议我制造 prohibition time gin[⑤]，地下造酒时期的酒，为那些还对这东西感兴趣的人——这样的人很多。

她长着金黄头发，高个子，总是在弄平皱纹和卷头发。不认识她的人，看见她迈着那样的脚步从学校的栅栏门里出来，会说她是个了不起的大学生。她教什么东西我不知道；她

---

① 一个迷人的地方，你知道。

② 语法不正确的英语，大概的意思：给我一个机会吧，宝贝。

③ 换个说法吧，你来和我在一起就因为我是个女孩。

④ 语法不正确的英语，大概的意思：你看，你知道，你只是个免费的广告代理人。

⑤ 禁酒时期杜松子酒。

的那些学生用把帽子抛到空中和吹口哨向她问候。最初那些时候，对她说话时，我藏着双手，盖着声音。她立即问我为什么我不使自己成为美国人。因为我不是美国人，我低声说，because I' m a wop[①]，她笑了，对我说是美元和大脑造出了美国人。Which of them do you lack[②]？你缺少这两样中的哪一样？

我经常想从我们两个人将会生出来什么种族的孩子，从她那光滑而结实的双胯，从那用牛奶和橘子汁喂饱的黄金色的肚子，和从我，从我的浓稠的血。我们两人都是从谁知道什么地方来的，要想知道我们是谁，我们在血液里真正有什么东西，唯一的方式，就是这个。我想，如果我的儿子像我父亲，像我祖父，这也许是美好的事，这样我就看到自己终于站到了他们所是的人面前。罗萨娜也许会为我生一个儿子的，如果我同意去到海岸边上。可是我克制住了，我不愿意——有那样的妈妈和我，将会是另一个私生子——一个美国小子。那时我已经知道自己将会回家。

罗萨娜一直到我拥有她时，没有作出任何结论。有几个天气好的星期天，我们乘着公共汽车去海边，我们洗澡；她在海滩上穿着凉鞋和彩色的鞋子散步，穿着短裤在游泳池里小口喝着饮料，在躺椅上伸展着身体，就好像是在我的床上。

① 因为我是个意大利人。wop是美国人对移居美国的意大利人和意裔美国人的贬称。

② 它们中你缺哪一个。

我笑笑，不知道究竟是笑谁。可是我喜欢那个女人，我喜欢她，就像某些早晨空气的滋味，就像触摸街道上那些意大利人的柜台上的新鲜水果。

后来有一个晚上她对我说她要回到她家人那里。我停在那里，因为我从来也不相信她能这样。我正要问她会有多少路，可是她看着自己的双膝——她在汽车里坐在我身边——对我说，我不必说任何东西，一切都已经决定了，她要永远地去到她家人那里。我问她什么时候动身。“明天都行。Any time①.”

我一边把她送回膳宿公寓，一边对她说我们能够对付，我们将结婚。她带着一种半笑任我说话，看着自己的双膝，皱着额头。

“我已经想过了，”她用那粗哑的声音说，“没有用了。我失败了。I' ve lost my battle②.”

然而她不是去往家里，她又回到海岸。可是她从来也没有在彩色报纸上出现过。她在几个月后从圣莫尼卡给我写过一张明信片，向我要些钱。我汇给了她，她没有回信。我再也不知道她的任何事情了。

---

① 任何时候。

② 我已经被打败了。

第二十二章

在闯世界时我认识了一些女人，有金发的有棕发的——我找她们，我在她们后面用了许多钱；现在，当我不再年轻时，她们找我，可是不要紧——于是我明白了马泰奥先生的女儿终于不是最美的——也许桑蒂娜是的，可是我没有看见过长大了的她——她们有着大丽花的、西班牙玫瑰的、那些在花园里在果树下生长的花的美。我还明白她们不能干，靠着她们的钢琴、靠着小说、靠着茶、靠着阳伞，她们不能为自己谋取一个生活，成为真正的夫人，管理一个男人和一个家。在这个山谷里有许多女农民，她们更能够管理自己，下命令。伊莱奈和西尔维亚不再是农民，也还不是真正的夫人。她们不适合这里，可怜的女孩——她们在这里死了。

在最早的那几次葡萄收获中的某一次，我就明白她们的这个弱点——我的意思是说，我感觉到了，虽然我还没有理解得很好。在整整一个夏天，从院子里和从田产上，只要抬起眼睛，看见阳台，玻璃门，屋顶，就能记住主人是她们，她们和继母和小女孩，记住甚至马泰奥先生如果不在地毯上清理自己的脚就不能进房间。后来有时听到她们在上面互相喊叫，有时为她们把马套在车上，看到她们在玻璃的大门上出来，带着阳伞去闲逛，穿得那样好，连埃米利亚也不能批评她们。有几个早上，她们中的一个下楼到院子里，在锄头、小车、牲畜之间走过，来花园里摘玫瑰。有几次她们也出门到田里，到小路上，穿着小鞋，和赛拉菲娜、和管理人说话，害怕公牛，带着一个漂亮的小篮子收摘那种在七月成熟的葡萄。一个晚上，当我们堆好了麦捆后——圣乔万尼节的晚上，到处都有篝火——她们也来乘凉，听女孩们唱歌。后来在我们这些人当中，在厨房里，在葡萄树行之间，我听到了许多关于她们的事，说她们弹钢琴，说她们读书，说她们绣靠垫，说她们在教堂里有长凳上的位子。好了，在那个收获葡萄的季节，在我们这些人准备大篮子和大木桶并清扫酒窖，连马泰奥先生都在葡萄园里转的那些天里，在那些天里人们从埃米利亚那里听说整个家正处在革命中，西尔维亚重重地关门，伊莱奈红着眼睛坐上桌,不吃东西。我不理解她们会有什么事，如果不是收获葡萄和收成的快乐——只要想想所有的一切都是为她们而造出来的，都是为了充满酒窖和马泰奥先生的口袋，而这都是她们的东西。埃米利亚一天晚上对坐在横木上的我们说了这件事。鸟巢的问题。

事情是这样的，老妇人——热那亚的伯爵夫人——十五天前带着媳妇们和孙子们从海边浴场回到了鸟巢，为一场在悬铃木树下的聚会在卡奈利和火车站发了一些邀请——而莫拉，她们两个，埃尔维拉夫人，她忘了。是忘了还是故意这样做的？三个女人再也不让马泰奥先生太平了。埃米利亚说在那个家里最不愤怒的人现在就是桑蒂娜了。“就算我杀了什么人也不会这样，”埃米利亚说，“一个人回答，另一个人跳，另一个人重重地关门。要是她们痒了，就让她们自己抓好了[①]。”

然后收获葡萄的季节来了，我不再想这事了。但那件事就足够使我睁开眼睛。伊莱奈和西尔维亚也是和我们一样的人，被错待了就变得坏了，她们生气并且感到痛苦，渴望她们所没有的东西。不是所有的先生太太都同样有价值[②],有某个

---

① 意思是谁有问题谁自己解决。

② 意思是即使是先生太太里面，也有身份高低之分。

更重要，更富有的人，根本不邀请我的女主人们。于是我开始问自己，鸟巢，那个古老的小楼房，它的房间和花园应该是什么东西，因为伊莱奈和西尔维亚想去得要命，却不能去。人们只知道托马西诺和几个仆人说的东西，因为山丘的整个那一侧被围了起来，一条河岸把它和我们的葡萄园分开，那里连猎手都不能进去——有告示牌。从鸟巢下的大路上抬起头，能看到一整片密密的被称为竹子的古怪的芦竹。托马西诺说那是一个公园，围着房屋有那么多的小沙砾，比养路工人在春天撒在道路上的沙砾更细小更白。此外鸟巢的田产沿着后面的山丘向上走，葡萄园和麦地，麦地和葡萄园，和农场，核桃林，樱桃林和扁桃林，以至到达圣安托尼诺以外，从那里降到卡奈利，在那里有带有水泥柱子和花的边缘的苗圃。

鸟巢的花我在前一年看见过，那时伊莱奈和埃尔维拉夫人一起去那里，并且带了几束比教堂的玻璃和教士的祭服还美丽的花回来。前一年还曾经在卡奈利的大道上遇到老妇人的大马车；努托看到那车，说驾车的仆人莫莱托像是个宪兵，戴着发光的帽子和白色的领带。这辆马车从来没有在我们这里停下，只是有一次为了去火车站而经过这里。就是弥撒，老妇人也是在卡奈利听的。我们的那些老年人说很久以前，在老妇人还不在那里的时候，鸟巢的老爷们根本不去听弥撒，他们在家里做弥撒，他们养着一个教士，他们每天在一个房间里做弥撒。但这是老妇人还是个什么都不是的女孩并且在热那亚和伯爵的儿子恋爱那时候的事。后来她变成了所有一切的主人，伯爵的儿子死了，老妇人在法国嫁的一个漂亮军官死了，他们的孩子死在了谁知道什么地方。于是现在，老妇人，带着白色的头发和黄色的阳伞，乘着马车去卡奈利并且给孙子们提供吃的睡的。但是在伯爵儿子和法国军官的那时候，夜里鸟巢总是亮着灯的，总是在聚会，当时还像一朵玫瑰一样年轻的老妇人举行午餐，舞会，邀请人们从尼扎和从亚历山德里亚来。美丽的女人们，军官们，议员们，所有的人都是乘着两匹马拉的马车，带着仆人来，他们玩牌，吃冰激凌，举行婚礼。

伊莱奈和西尔维亚知道这些事，对于她们，被老妇人很好地对待，被接纳，被欢迎，就像对我来说从阳台上朝钢琴的房间里看一眼，知道她们在我们那些人的上面坐在桌旁，看见埃米利亚用叉子和调羹模仿她们一样。只是，由于是女人之间的事，她们就为此感到痛苦了。后来，她们在整整一个白天里在阳台上或花园里闲荡——没有一样劳动，没有一样真正的辛苦事使她们忙——甚至都不愿意照看桑蒂娜。当然，离开莫拉，进入那个在悬铃木下的公园，发现自己与伯爵夫人的媳妇们和孙子们在一起，这愿望简直使她们发疯。就像对我来说看见卡西纳斯科山丘的篝火或听到夜里火车的鸣笛一样。

第二十三章

然后，在贝尔波的树林里和山上的平地上很早就响着震耳的射击声并且齐利诺开始说他已经看见野兔逃进一条犁沟的季节来了。那是一年里最美的那些天。收葡萄，剥玉米，压榨，根本就不是劳动；天不再热了，还没有冷；有些浅色的云，人们就着玉米糊吃兔子肉，并且出去找蘑菇。

我们这些人到周围去找蘑菇；伊莱奈和西尔维亚与她们的卡奈利的朋友们和年轻人们一起乘着小型双轮马车一直去到阿亚诺。一天早晨，牧场上还有雾时她们就出发了；我为她们套马，她们应该是在卡奈利的广场上和其他的人在一起。火车站的医生的儿子拿着鞭子，那人打靶总是击中靶心，玩牌从晚上一直到早晨。那一天来了一场巨大的暴风雨，闪电和打雷就像八月一样。齐利诺和赛拉菲娜说冰雹现在落在蘑菇上和找蘑菇的人头上要比十五天前落在收成上更好。就是到了夜里还不停地下着大雨。马泰奥先生带着灯笼脸上蒙着斗篷来叫醒我们，叫我们注意是不是听到马车到了，他感到不安。上面的窗子亮着灯；埃米利亚跑上跑下端咖啡；小女孩尖叫，因为她们没有把她也带去找蘑菇。

马车第二天带着医生的儿子回来了，他玩着鞭子，一边喊"阿亚诺的水万岁"，跳到地上，根本不碰踏脚板。然后他帮两个女孩下车；她们受了凉，头上蒙着手帕，空篮子放在膝上。她们去到楼上，我听到她们说话、取暖和笑。

从那一次到阿亚诺游玩开始，医生的儿子经常在大路上从阳台下经过，他向女孩们问候，于是他们就这样说话。后来在冬天的下午她们让他进来，而穿着猎手的靴子到处转的他，用小棍在靴子上敲着，朝周围看看，在花园里摘一朵花或一根小树枝——更应该说是鲜嫩的葡萄树的玫瑰色叶子——敏捷地走向玻璃窗后的楼梯。楼上，在小壁炉里点着一堆很旺的火，可以听到弹钢琴，笑，一直到晚上。有几次那个阿尔杜罗留下来吃午饭。埃米利亚说她们给他茶和饼干，总是西尔维亚给他东西，但他在追求伊莱奈。头发那么金黄，又那么好的伊莱奈，就开始弹钢琴，以便不对他说话，西尔维亚几乎都要躺在沙发上了，他们说着他们的蠢话。后来门被打开了，埃尔维拉夫人将跑着的小桑蒂娜赶进来，于是阿尔杜罗站起来，冷淡地问候，夫人说："我们还有一个嫉妒的小姐，她想要被介绍。"然后马泰奥先生来了，他对阿尔杜罗几乎不能容忍，但是埃尔维拉夫人却喜欢他，并且觉得阿尔杜罗对伊莱奈还最合适。不喜欢他的人是伊莱奈，因为她说他是个虚假的人——因为他根本就不听音乐，因为他在餐桌上举止吓人，他逗桑蒂娜玩只是为了对她母亲表示感谢。西尔维亚却为他辩解，脸变得通红，她们提高了声音；有一刻伊莱奈冷静下来，控制住自己，说："我把他让给你。为什么你不把他拿走？"

"把他从家里扔出去，"马泰奥先生说，"一个只会玩并且没有一块土地的男人不是个男人。"

接近冬天结束时，这个阿尔杜罗开始把车站的一个职员带在身后，是他的很久很久的朋友，那职员也迷恋伊莱奈，他只说意大利语[①]，可是他懂音乐。这个瘦高个子开始与伊莱奈四手联弹，既然他们这样结成一对了，阿尔杜罗和西尔维亚就拥抱着跳舞和在一起笑，现在，当桑蒂娜到来时，就轮

① 也就是说他不懂任何外语，例如法语。

到那朋友将她抛起来然后在她落下时接住她。

“如果不是因为他是个托斯卡纳人，”马泰奥先生说，“我就要对他说他是个蠢货。他看上去好像……在的黎波里[1]有一个托斯卡纳人和我们在一起……”

我知道那房间是什么样的，钢琴上两束花和红色的叶子，伊莱奈绣的小窗帘，和用链子吊着的透明大理石的灯，这制造出一种像是反射在水中的月亮的光。有几个晚上四个人全都穿上厚衣服，出来到阳台上站在雪里。在这里，两个男人抽着雪茄，这时，由于他们是在干枯的幼葡萄树下，人们能听到谈话。

努托也来了，来听谈话。最美的是听阿尔杜罗说话，他装成能干的人，讲述有一天他从到科斯提约莱[2]的火车上扔下多少钱，或者在阿奎伊的那一次，当时他把最后一个索尔多也赌上了，如果输了，他就再也不回家，可是他赢到了付一顿晚饭的钱。那个托斯卡纳人说：“记住你给了那一拳……”于是阿尔杜罗就讲述那一拳。

女孩们靠着栏杆在叹息。那托斯卡纳人来靠在伊莱奈的旁边，讲他的家，讲他去教堂弹管风琴那个时候。讲到某个时刻，两根雪茄落到脚边的雪里，于是上面就能听到小声说话，

① 的黎波里为利比亚首都，一九一二年至一九四三年，利比亚是意大利的殖民地。前面说过马泰奥先生曾到过非洲。

② 村镇，在卡奈利西北方。

乱动，几声更强的叹息。抬起眼睛只看到干枯的葡萄树和在天上的许多冷冷的小星星。努托用从牙齿间发出的声音说："一群懒汉。"

我一直在想这事，我还问埃米利亚，可是人们无法明白他们是如何配对的。马泰奥先生只是对伊莱奈和医生的儿子抱怨，说是迟早有一天要和他好好地谈谈。夫人发起进攻。伊莱奈耸耸肩，回答说那个乡下佬阿尔杜罗她甚至都不想用来做仆人，可是他来找她，她也不能做什么。西尔维亚于是说笨蛋是那个托斯卡纳人。埃尔维拉夫人又一次不高兴了。

伊莱奈与那托斯卡纳人说话是不可能的，因为阿尔杜罗注意着他们并且他命令着朋友。最后是两个女孩阿尔杜罗都追求，希望娶到伊莱奈，同时还与另一个取乐。只要等着美好的季节，跟着他们去牧场就够了。一切不久就会被看到。

可是在这段时间里发生了这件事，马泰奥先生和那阿尔杜罗直接交锋——人们从当时正巧从柱廊下经过的朗佐奈那里知道这事——对他说女人是女人，男人是男人。不对吗？刚刚在那时摘下一小把花的阿尔杜罗用马鞭敲敲靴子，一边嗅花，一边斜着看看主人。"尽管这样，"马泰奥先生继续说，"当她们被良好地养育了，女人们就知道谁适合她们。而你，她们不喜欢你。懂了吗？"

阿尔杜罗于是低声说了些这个那个，真见鬼，他是被亲切地邀请了从那里经过，当然，一个男人……

“你不是个男人，”马泰奥先生说，“你是个下流胚。”

阿尔杜罗的故事好像就是这样结束了，和阿尔杜罗一起还有那个托斯卡纳人的故事。可是继母来不及为此而生气，因为又来了其他一些人，所有那些人都更危险。例如，那两个军官，也就是我单独一人留在莫拉的那天的那两个。有一个月——当时有萤火虫，所以是六月——所有的晚上都能看到有人从卡奈利出来。他们一定在那里有什么别的女人正站在大路上，因为平常他们从来也不到那里去——他们会从小桥上穿过贝尔波河，然后走过田产，玉米地，牧场。我当时有十六岁，这些事情我开始懂了。齐利诺监视着他们，因为他们糟蹋他的饲料，还因为他记得和他们一样的那些军官在战争中都是些怎样的恶棍。关于努托，人们根本就不谈。一天晚上他们把那些人狠狠地作弄了一下。他们在草丛中等候着他们经过，对他们拉紧一根隐藏的铁丝。那些人来了，他们跳过一条沟，觉得已经在享受着小姐们了，于是猛地冲下去，划破自己的脸。最美的也许是让他们落进粪肥里，可是从那天晚上开始他们再也不从牧场里走过了。

在好的季节，尤其没有人再管西尔维亚了。现在，在夏天的晚上，她们从栅栏走出去，陪着她们的小年轻在大道上走上走下，当他们在椴树林下重新经过时，我们都伸长耳朵以听到什么话。他们出发时四个人一起，成对着回来。西尔维亚挽着伊莱奈走着，她笑，开着玩笑，和那两个人斗嘴。当他们重新经过时，在椴树的气味中，西尔维亚和她的男人一起停下来，小声说着话，笑着走路；另一对更慢一点地、分开着来了，并且有时还大声喊，与第一对的人大声说着话。我清楚记得那些晚上，我们这些人都坐在横木上，在椴树的极强烈的气味里。

第二十四章

当时有三四岁的小桑塔，是个应该看的东西。她长成像伊莱奈一样的金黄头发，有着西尔维亚的黑眼睛，可是当她连着苹果咬自己的手指和出于恶意而摘花，或是想要不顾一切地让我们把她放上马并且踢我们时，我们说这是她母亲的血。马泰奥先生和另两个女儿做事更加平静，不这样蛮横无理。伊莱奈尤其平静，那么高，穿着白衣服，从来不对任何人生气。她根本不需要生气，因为她最终总是向埃米利亚请求什么东西，而对我们，后来，当她对我们说话时，她看着我们，看着我们的眼睛。西尔维亚也这样看，但已经更加冷淡和恶意。我在莫拉的最后一年，我拿到五十个里拉，在节日时我系上领带，但是我明白我到得太迟了，我再也不能够做任何事了。

但即使是在那最后几年，我也不敢想伊莱奈。而努托不想这事是因为现在他到处演奏低音单簧管，在卡奈利有那个女孩。关于伊莱奈，人们说她和卡奈利的一个人说话，他们常常去卡奈利，他们在店里买东西，把不穿的衣服送给埃米利亚。可是鸟巢也再一次开门了，有一次晚餐，夫人和女儿们去了，那天女裁缝从卡奈利来为她们穿衣服。我将坐在双轮马车中的她们一直引到上坡的转弯处，听到她们在谈着热那亚的那些宫殿。她们要我在半夜时回去接她们，要我进到鸟巢的院子里——在黑暗中客人们就不会看见马车的坐垫已经被磨破旧了。她们还要我把领带弄直，以免出丑。

可是当我在半夜里在别的马车当中进入那个院子时——从下面看小楼非常巨大，在敞开的窗子上经过着客人们的影子——没有人来，人们让我在悬铃木当中等了一段时间。当我已经厌倦了听蟋蟀——在那上面也有蟋蟀——我从马车上下来，向门口走去。在第一个大厅我发现一个系着白围裙的女孩，她看看我，走掉了。随后她又来了，我对她说我到了。她问我想要做什么。于是我说莫拉的马车已经准备好了。

有一扇门打开了，我听到许多人在笑。在那个大厅里，在所有的门上，都有一些花的图画，而在地面则是一些发亮的石头画。那女孩回来对我说我可以走了，因为夫人们都将有人陪送。

当我到了外面时，我为没有更好地看看那个比一座教堂还美的客厅而感到痛惜。我牵着马走在发出嘎吱嘎吱声的砾石上，在悬铃木树下，我看着它们背靠着天——从下面看这些树不再是一片小树林，而是每一根都自己成为一片牧场——在栅栏上点燃一支香烟并且顺着那条大道慢慢走下来，走进与金合欢和歪斜树干混在一起的竹丛中，一边想着土地是怎样的，每种植物都在它上面生长。

伊莱奈一定是在那楼里有一个男人，因为有时我听到西尔维亚和她开玩笑，喊她“伯爵夫人”，于是很快埃米利亚也知道了那个男人是个站着的死人[①]，是老妇人专门使他们处在穷困中以免把她的家吃空的那众多孙子当中的一个。这个孙子，这个破产的家伙，这个小伯爵，从来不屑于来莫拉，有时派一个赤脚的小男孩，是贝尔塔的那个孩子[②]，给伊莱奈带几封信，说是在路边的护栏那里等她一起去散散步。伊莱奈就去了。

① 即毫无长处的人。
② 第十三章里提到过贝尔塔。

我从我正在浇水或捆绑支架的菜园的豆子那里，听到坐在玉兰树下的伊莱奈和西尔维亚说话。

伊莱奈说："你要我做什么？伯爵夫人对我们管得很严……一个像他那样的男孩甚至都不能到火车站参加聚会——如果去了就会发现他的仆人和他坐在同一张凳子上……"

"有什么不好的？在家里每天都遇到他们……"

"她根本不希望他去打猎。他的父亲已经以那种悲剧方式死了……"

"可是他应该能来找你。为什么他不来？"西尔维亚突然说。

"他也不来这里找你。为什么不来？……要小心，西尔维亚。你肯定他对你说了实话？"

"实话，没有人说它。如果你在这里想实话，你会疯的。你可要小心，如果对他说实话……"

"是你在看他，"伊莱奈说，"是你在相信……我只是希望他不像另一个那么粗俗……"

西尔维亚低声笑了。我不能总是在豆子后面停着，如果她们已经发现的话。我挥了一下锄头，然后伸长耳朵。

一次伊莱奈说："他也许会听到，你不信吗？"

"去去，不管他，他是个徒工。"西尔维亚说。

可是有次是西尔维亚在哭，她在躺椅上扭着身子哭。齐利诺从柱廊下敲一块铁，不让我听。伊莱奈围着她转，摸她的头发，西尔维亚把自己的指甲都插在了头发里。“不，不，”西尔维亚哭着，“我要离开，逃走……我不相信，我不相信，我不相信……”

齐利诺的那块该死的铁不让我听见。

“上来，”伊莱奈碰碰她说，“上来到阳台上，安静点……”

“我不在乎，”西尔维亚喊道，“我根本不在乎……”

西尔维亚和克莱瓦尔库奥莱[①]的一个人恋爱了，那人在卡罗索有一些土地，一个骑着摩托车到处转的锯木厂主，他让西尔维亚在他背后坐上车，然后他们从那些大路出去。晚上我们听到摩托车的响声，停下，又走了，片刻之后在栅栏边出现了黑头发落在眼睛上的西尔维亚。马泰奥先生什么也不知道。

埃米利亚说这个男人不是第一个，医生的儿子已经得到她了，在她的家里[②]，她父亲的书房里。这是件人们从来也不很清楚的事；如果那个阿尔杜罗真的在那里做了爱，为什么恰恰在夏季，当一切变得更加美，并且更容易互相找到时，他们放弃了呢？然而摩托车手来了，现在所有的人都知道西尔

① 一个村镇。

② 原文中“她家”作casa sua，可以译为“她家”即西尔维亚的家，也可译为“他家”即医生的家，但这话是埃米利亚说的，她不大可能知道在医生家里发生的事，故此处的casa sua应是指西尔维亚的家。

维亚就像疯了一样，她让自己被带到芦竹丛中，带到河边，人们在卡莫，在圣里贝拉，在布拉沃的树林里遇到他们。有时他们甚至到尼扎去旅馆里。

看看她，总是原来的样子——那双深色的、使人不安的眼睛。我不知道她是不是盼望让人和她结婚。可是克莱瓦尔库奥莱的那个马泰奥是个爱吵架的人，一个已经烧焦了很多张床的林业工人[①]，从来也没有人止住他。“现在，”我想，“如果西尔维亚生一个儿子，他将是个和我一样的私生子。我就是这样出生的。”

伊莱奈也为这事受苦。她一定是尝试过帮助西尔维亚，并且比我们知道更多的事情。不可能想象伊莱奈坐在那辆摩托车上，或是和什么人在河岸边的芦竹丛中。桑蒂娜倒是会这样，所有的人都说，当她长大时，她也会做同样的事。继母什么也不说，她只希望她们两个准时在家。

① 这应该是说他放荡无耻。

第二十五章

我从来没有看见伊莱奈像她的妹妹一样绝望，但是当有两天人们不喊她去鸟巢了，她就神经质地站在花园的围栏后面，或者带着一本书或刺绣与桑蒂娜一起坐在葡萄园里，从那里看着大道。当她带着阳伞出发去卡奈利时，她感到幸福。她和那个切萨利诺，那个站着的死人，两个人相互说了些什么，我不知道；一次我像发疯一样骑着自行车去卡奈利时，隐隐看见他们在金合欢丛中，在我看来是伊莱奈站着，正在读一本书，切萨利诺坐在她面前的河边看着她。

一天，在莫拉又出现了那个穿着靴子的阿尔杜罗，他在阳台下停下，和在上面朝大路上看的西尔维亚说了话，可是西尔维亚没有邀请他上去，只是对他说是一整天很沉闷，那双低跟的鞋子——她抬起一只脚——现在在卡奈利找到了。

阿尔杜罗挤着眼睛问她们是不是弹舞曲，伊莱奈是不是经常弹。“你问她好了。”西尔维亚看着比松树更远处说。

伊莱奈几乎不再弹了。似乎是在鸟巢没有钢琴，似乎是老妇人没有兴趣看一个女孩在琴键上把自己的手弄脱臼。当伊莱奈去老妇人家造访时，她带着里面装着刺绣的包，一只用羊毛绣着绿色的花的大包，在包里带回家几本老妇人给她看的鸟巢的书。那是些旧书，外皮是皮的。她则带给老妇人女裁缝们的画报——她每个星期专门让人在卡奈利买的。

赛拉菲娜和埃米利亚说伊莱奈拼命要变成伯爵夫人，又说有一次马泰奥先生曾说：“要当心，孩子们。有一些老人是永远不死的。”

很难明白伯爵夫人在热那亚有多少亲属——人们甚至还说其中有一个主教。我曾听人说现在老妇人在家里再也不留仆人和用人了，孙女和孙子就足够她用的了。如果是这样，我不明白伊莱奈有什么希望；至于她所喜爱的财产，那个切萨利诺必须和所有的人平分。除非伊莱奈乐意在鸟巢做用人。可是当我向周围看看我们的财产——马厩，干草仓，谷物，葡萄——我想，也许伊莱奈比他更富，很可能切萨利诺和她说话就是为了把手伸向她的嫁妆。这个想法，尽管使我愤怒，但也更使我高兴——我觉得伊莱奈不可能会私心重到为了野心把自己送出去，就是这样。

可是那时，我说，人们确实看到她恋爱了，她喜欢切萨利诺，他是她想嫁想得要死的那个男人。而我真希望自己能对她说话，能请她当心，不要和那个半袋子[1]，一个甚至都不走出鸟巢并且在她读一本书时坐在地上的傻瓜白费力气。至少西尔维亚不这样为了微不足道的东西浪费日子，她和某个值得的人在一起。如果不是因为我只是个仆役并且没有十八岁，也许西尔维亚也会来和我在一起的。

伊莱奈也感到痛苦。那个小伯爵一定是比一个教养不良的女孩还要差。他耍小孩脾气，让人为他服务，恶意地利用老妇人的名字，每次伊莱奈对他说话或问他，他都回答说不，说必须听，不能出错，必须考虑到他是谁，他的健康，他的兴趣。现在是西尔维亚，在不多的几次不逃到山上或不把自己关在家里的时间，听伊莱奈的叹息。在餐桌上——埃米利亚说——伊莱奈的眼睛低着，而西尔维亚则盯着父亲的脸，好像在发烧。只有埃尔维拉夫人干巴巴地说着话，擦干净桑

① 原文作 mezza cartuccia，字面意思为一半的子弹袋或子弹盒，或半袋的子弹，指没有价值的人。

蒂娜的下巴，恶毒地提到医生儿子这个已经失去的机会，提到那个托斯卡纳人，提到那些军官，提到别的人，提到卡奈利的一些更加年轻的女孩，她们已经结了婚，现在正准备为孩子行洗礼。马泰奥先生小声说着话，他什么都不知道。

在这同时西尔维亚的故事在向前进。当她不是绝望、发怒，和停在院子里、葡萄园里时，看见她，听她说话，是个快乐。有几天她让人为她套上双轮马车，单独一人出发，去往卡奈利，她自己像个男人一样驾着车。一次她问努托是不是要去举行赛马会的好建议[①] 演奏——她不顾一切要在卡奈利买一副马鞍，学骑马，和别人一样跑。轮到朗佐奈师傅向她解释拉车的马有一些毛病，不能跑比赛。后来人们知道，西尔维亚想要去好建议是为了在那里找到那个马泰奥，让他看看她也能够骑马。

这个女孩，我们这些人说，最终将会穿男人衣服，跑集市，玩绳子上的把戏[②]。正好在那年，在卡奈利出现一个大棚子，那里面有旋转的摩托车，它发出比脱谷机还难听的声音转着圈，卖票的是个瘦瘦的红头发女人，四十多岁，她手指上带满了戒指，抽着烟。等着看吧，我们说，克莱瓦尔库奥莱的马泰奥，当他厌烦时，会让西尔维亚去指挥这样一个旋转的把戏。人们在卡奈利还说，在买票时，只要把手按

---

① 这是个地名，可能是个村镇。

② 玩危险把戏或干危险事。

某种方式立在柜台上，那红头发女人立即就告诉你时间，你就能在那时回来，进入那有小窗帘的大车，在麦草上和她做爱。可是西尔维亚还没有到这一步。尽管她像疯了一样，她是因为爱马泰奥而疯的，可她是这么美这么健康，很多人就是现在也还是会娶她的。

发生了一些疯子才做得出的事。现在她和马泰奥在赛拉乌第家[1]的葡萄园的一个小破房子里相会，一个半倒的小房子，在一条河岸的边上，摩托车不能到那里，可是他们步行去那里，随身带着被子和枕头。那个马泰奥既不在莫拉也不在克莱瓦尔库奥莱让人看见他和西尔维亚在一起——这根本不是为了保护她的名声，而是为了不要冒风险而使自己受牵累。他懂得不肯守诺言，这样保住自己的面子。

我试着在西尔维亚的脸上收集她与马泰奥所做的事的印记。那个九月，当我们开始收葡萄时，就是她也和伊莱奈一起像往年一样来到白葡萄园里，我看着蹲在葡萄藤下的她，看着她那双在找葡萄串的手，看着她身体的弯曲处，腰部，遮到眼睛的头发，当她在小路上向下走时我看着她的脚步，惊跳，头部的猛然抬起——我认识整个的她，从头发到脚指甲，然而我决不能说："看看，她已经变了，马泰奥来过了。"她还是那样——是西尔维亚。

---

① 这个地点原属于赛拉乌第家，就以这家的姓氏为地名了。

这场收葡萄对于莫拉来说是一年的最后的快乐。在万圣节时伊莱奈躺在床上了，医生从卡奈利来了，火车站的医生也来了——伊莱奈得了斑疹伤寒，会死的。他们把桑蒂娜和西尔维亚送到在阿尔巴的亲戚家，以使她们免受传染。西尔维亚不愿意，但是服从了。现在必须继母和埃米利亚奔跑了。在上面的房间里总有一只炉子点着火，她们每天给伊莱奈换两次床，她说着胡话，他们给她打针，她头发掉了。我们来来去去从卡奈利买药。直到有一天一个修女进到院子里；齐利诺说：“她到不了圣诞节。”第二天，是神父来了。

第二十六章

从所有的一切，从莫拉，从我们这些人的那种生活里，留下了什么东西？许多年里，对于我来说，晚上椴树的一阵香气就足够了，我感到自己是另一个人，感到自己真的是我自己，我根本不知道究竟为什么。我一直在想的一件事就是，有多少人必须生活在这个山谷里，在世界上就在这时对于他们发生了我们当时都轮上的事情，可是他们不知道，他们没有想过这事。或者有一个家，一些女孩，一些老人，一个女婴——和一个努托，一个卡奈利，一个火车站，有一个像我一样想要离开去碰运气的人——在夏天打麦子，收葡萄，在冬天去打猎，有一个阳台——一切就像是对我们发生的。应该不可避免的是这样。男孩们，女人们，世界，根本就没有改变。她们不再撑着阳伞，星期天她们去电影院而不是去集市，他们把麦子储藏起来，女孩们抽烟——然而生活是老样子，他们不知道有一天朝周围看看，就是对于他们来说，一切也已经过去了。当我在一片被战争摧毁的房屋当中，在热那亚下船时，我说的第一件事就是，每一幢房子，每一个院子，每一个阳台，对于某个人都是某种东西，并且，比起物质损失和死亡者，更加令人不快的是想到生活过的这么多年，这么多记忆，就这样消失在一个夜晚里，不留一片痕迹。或者不是？也许这样更好，最好是所有的一切都在一场干草的篝火中离开，人们重新开始。在美国人们是这样做的——当你对一样东西，一种工作，一个位置，厌烦了，你就换。在那里甚至一些整个的村镇，连同小酒店，市政厅，商店，现在都是空的，就像一处墓地。

努托不愿意谈到莫拉，可是他好几次问我是不是再也没有看见过任何人。他想着那附近的那些男孩，想着滚球游戏、足球、小酒店的那些同伴，想着那些曾经和我们跳舞的女孩。他知道所有的人在哪里，做了什么事；现在，当我们在萨尔托的房子里，有人在大道上经过时，他就眯着猫一样的眼睛对他说：“这里的这个人你还认得他吗？”然后就为那人的面容和惊讶感到高兴，为我们两个人倒酒。我们谈话。有的人尊称我为您。“我是鳗鱼，”我打断道，“不要来这一套。你兄弟，你父亲，你祖母，他们怎么样了？那狗后来死了吗？”

他们改变得不大；而我，我变了。他们记得我做过的事和说过的话，记得我已经忘掉的玩笑，带刺的话，故事。“还有比昂盖塔？”一个人对我说，“你记得比昂盖塔吗？”是的我记得她。“她嫁到罗比尼[①]了，”他们对我说，“她过得不错。”

几乎每个晚上努托到天使旅馆来找我，把我从医生、秘书、上士和测量员围成的圈子里挖出去，让我说话。我们像两个修士一样在镇子的草地上走着，能听到蟋蟀的叫声，贝尔波河的微风——在我们小时候，我们从没有在这时刻来过镇子里，我们那时过着另一种生活。

在月亮和那些黑色的山丘下，努托一天晚上问我是如何为了去美国而上船的，如果机会重新出现，回到二十年前，我是不是还会那样做。我对他说美国和那种因为自己不是什么人的愤怒，和那种不是为了去，而是为了在所有人都以为我已经饿死了之后有一天回来的狂热不一样。在家乡我也许会什么都不是，只是个仆人，是个老齐利诺（他也死了很久了，他从一个干草房上落下来，摔断了背，还躺了一年多的时间），

---

① 村镇。

那就应该什么都试试，既然我已经过了波尔米达河，那就满足我还想渡过大海的愿望。

“可是上船不容易，”努托说，“你有勇气。”

不是勇气，我告诉他，我是逃走的。应该什么都告诉他。

“你还记得我们在店铺里和你父亲谈过的话吗？他那时就已经说无知的人将永远是无知的，因为力量在那个有着人们不理解的利益的人手中，在政府的手中，在法西斯党的手中，在资本家的手中……这里在莫拉什么也没有，可是当我当了兵，走遍了热那亚的小巷和造船厂的时候，我就明白什么是老板，资本家，军人了……那时有法西斯分子，这些东西不能说……可是还有别的人……”

我从来也没有告诉他这些，为的是不把他拉到那些非常没有用的谈话上来，并且现在，在二十年和发生过的那么多事情之后，我再也不知道要相信什么了，可是在热那亚，那个冬天我相信这些，有许多夜晚我们在别墅的山上度过，和圭多，和莱莫，和切莱第和所有其他人争论。后来泰莱萨害怕了，再也不愿意让我们进去，于是我对她说，她只管继续做用人，被剥削的人，她活该这样，我们想要不让步，想要反抗。我们就这样继续在兵营里，在下等酒店里进行活动，退役之后，在我们找到工作的船厂和技术夜校里活动。泰莱萨现在耐心听我说，并对我说我学习，想要使自己进步，这样做得对，她在厨房里给我吃的。她再也不说那些话了。可是一天夜里切莱第来警告我说圭多和莱莫被逮捕了，人们正在找其他的人。于是泰莱萨根本也不责怪我，她去找什么人——姐夫，过去的雇主，我不知道——说话，两天之后为我在一条去美国的船上找到了一个干体力活的位置。事情就是这样，我对努托说。

“你看这是怎么回事，”他说，“有时候，当人是小孩时，即使从一个老人，从一个像我父亲那样的穷人那里听到的一句话，都足以使你睁开眼睛……我很高兴你没有只想着挣钱……那些伙伴，他们都怎么死的？”

我们就这样走着，在镇子外的大道上，并且谈着我们的命运。我把耳朵伸向月亮，听着一辆大车的刹车装置在远处吱嘎作响——一种在美国的道路上已经很久不再听得到的声音。于是我想到热那亚，想到那些事务所，想到如果那天早晨在莱莫的造船厂他们也找到了我，我的生活将会是什么。几天后我回到科西嘉路[①]。对于这个夏天来说，已经结束了。

有人在大道上在尘土中跑着，像是一条狗。我看见一个男孩：他一瘸一拐地走着，朝我们跑来。在我明白这是钦托时，他已经在我们当中了，他扑到我两腿之间，像条狗一样地哼着。

① 热那亚的一条街道。

“什么事？”

我们一时不相信他。他说他父亲烧掉了房子。“确实是他，怎么可能？”努托说。

“他烧了房子，”钦托再说了一遍，“他想要杀死我……他上吊死了……他烧了房子……”

“也许是他们弄翻了灯。”我说。

“不不，”钦托喊道，“他杀了罗西娜和外婆。他想杀我可是我不让他杀……后来他把干草点了火，还在找我，可是我有刀，于是他就在葡萄园里上吊了……”

钦托喘息着，哼着，全身是黑的，并且被抓伤了。他在我脚下坐在尘土中，紧紧抱着我的一条腿，反复地说：“爸爸在葡萄园里上吊了，他烧了房子……还有小牛。兔子都逃走了，可是我有刀……所有的都烧掉了，皮奥拉也看见的……”

第二十七章

努托抓着他的双肩，把他像小羊一样提起来。

“他杀死了罗西娜和外婆？”

钦托在发抖，不能说话。

“他杀了她们？”努托晃晃他。

“让他去吧，”我对努托说，“他已经吓得半死了。为什么我们不去看看？”

这时钦托扑到我腿上，不想去知道什么。

“勇敢点，”我对他说，“你刚才来找谁的？”

他是来我这里的，他不想回到葡萄园里。他跑去喊莫罗奈家和皮奥拉家的那些人，他把他们全都叫醒了，别的人已经从山丘上跑去了，他已经喊人灭火了，可是葡萄园里他不愿意回去，他把刀弄掉了。

“我们不去葡萄园，”我对他说，“我们停在大路上，努托上去。为什么害怕？如果人们真的从那些农场跑来了，这个时候火已经被灭掉了……”

我们抓着他的手走着。加米奈拉的山丘从草地上看不到，被一个山嘴藏了起来。可是刚一离开主路拐到向贝尔波河里倾斜的山坡，一场火灾就能从树木丛中被看到了。我们什么也看不见，只看见月亮的雾。

努托什么也不说，把钦托的手臂猛地一拉，钦托绊了一下。我们几乎是跑着朝前走。在芦竹丛下人们已经知道出了事。在上方能听到有人喊叫和击打，好像是在砍一棵树，在夜晚的凉爽中一股气味难闻的烟云降到大路上。

钦托不反抗了，他使自己的步伐和我们的一样快地走上来，更加用力地抓紧我的手指。在无花果树那上边，人们来来去去，互相说着话。从小路上，在月亮的光亮中，已经看见了曾经是干草仓和牛圈的地方的空空荡荡，和小房子的满是破洞的墙。红色的反光在墙脚下暗下去，释放出一股黑烟。有一股被烧过的羊毛、肉和粪便的臭味让人要昏过去。一只兔子在我两脚间逃走。

努托站在和打谷场平齐的高度，扭曲着脸，把拳头举到太阳穴处。“这气味，”他小声说，“这气味。”

火灾现在已经结束了，所有的邻居都跑来帮忙；他们说，有一刻，火焰甚至照亮了河岸，在贝尔波河的水里都看到了火焰的反光。什么都没有被救出来，连在后面的粪肥都没有。

有人跑去喊上士；他们派一个女人到莫罗奈家去取喝的东西；我们让钦托喝了一点葡萄酒。他问狗在哪里，是不是它也被烧死了。所有人都在讲自己的事；我们让钦托坐在草地上，他一点一点地讲着事情经过。

他不知道，他下到贝尔波河去了。后来他听到狗在叫，原来他父亲在打小牛。别墅的夫人和儿子来分菜豆和土豆。夫人曾说两垄沟的土豆已经被挖出了，必须要补给她，于是罗西娜叫喊了，瓦利诺就咒骂，夫人进了房子，要让外婆也说话，同时儿子监视着那些篮子。然后称好了土豆和菜豆，大家都同意了，同时互相瞪着。他们把东西装上车，瓦利诺去了镇子。

可是随后，晚上当他回来时，黑着脸。他开始对罗西娜，对外婆喊叫，因为她们没有先收绿的菜豆。他说现在夫人正在吃本来该属于他们的菜豆。老妇人在床垫上哭。

他钦托当时在门口，准备好了逃走。这时瓦利诺解下皮带，开始抽罗西娜。就好像是他在打麦子。罗西娜扑到桌上，号叫着，双手抱着自己的颈子。后来她发出一声更响的叫喊，瓶子落了下来，罗西娜拉着自己的头发扑到外婆身上，抱住她。这时瓦利诺踢了她几脚——都听得到踢的声音——那几脚都踢在肋上，用鞋子狠踩她，罗西娜倒在地上，瓦利诺又在她脸上和肚子上踢了几脚。

罗西娜死了，钦托说，她死了，从嘴里淌出血来。“起来，”父亲说，“疯女人。”可是罗西娜死了，老妇人这时也说不出话了。

于是瓦利诺找他——可是他逃了。从葡萄园里听不到任何人的声音，只有狗在拖着绳子上下地跑。

过了片刻，瓦利诺开始喊钦托。钦托说从声音可以知道他不是要打他，只是在喊他。于是他打开刀，进到院子里。父亲在门口等着，整个人都是黑的。当看到他带着刀，说了声“无赖”，想要抓住他。钦托又逃走了。

然后他听到父亲在到处踢，听到他咒骂着，因为他恨神父。然后就看见了火焰。

父亲手里拿着没有玻璃罩的灯出来了。他在房子周围跑。他还点燃了干草仓，草堆，把灯朝窗子打去。刚才他们在殴打着的房间已经满是火了。女人们没有出来，他好像听到了哭和喊叫。

现在整个小房子已经被烧起来了，钦托不能下到牧场里，因为父亲能够像在白天一样看到他。狗变疯了，吠着并拉着绳子。兔子都逃走了。小牛也在牛圈里被烧死了。

瓦利诺跑进葡萄园找他，手里拿着绳子。一直紧紧地抓着刀的钦托逃到了河岸。他在那里躲藏着，隔着树叶向上看着火的反光。

在那里也能听到火焰的声音，就像是一只炉灶。狗一直在吠叫。就是在河岸里也像白天一样亮。当钦托再也听不到狗叫声和别的声音时，他好像在这个时刻醒来，不记得自己在河岸上做什么。于是慢慢地他朝核桃树走去，同时紧紧抓住打开的刀，注意着各种声音和火的反光。在核桃树的树冠下，他在反光里看到垂着他父亲的双脚，和躺在地上的小梯子。

他必须向上士复述这一整个经过，人们让他看躺在一条口袋下的死去的父亲，是不是认得出来。人们弄了一堆在草地上找到的东西——镰刀，一辆小推车，小梯子，小牛的口络和一只筛子。钦托找他的刀，他向所有的人打听刀子，在烟和肉的恶臭中咳嗽着。人们对他说，会找到的，说就是锄头上锹上的铁，等到火炭熄灭了，都能够重新找到。我们把钦托带到莫罗奈，已经差不多是早晨了；别的人必须在灰里寻找女人们的残骸。

在莫罗奈的院子里谁也没有睡觉。门开着，厨房里亮着灯，女人们给我们端来喝的；男人们坐下来吃早餐。天气凉爽，几乎是寒冷的。我厌倦了争论和说话。所有的人说的都是同样的事情。我一直和努托在院子里，在最后的那些星星下，散着步，我们从那上面看到在几乎是紫色的寒冷空气中，平原上的树林，水的闪光。我已经忘了黎明就是这样的。

努托驼着背走着，眼睛看着地面。我突然对他说，我们应该想想钦托，之前我们就该为他做很多事了。他抬起肿着的眼睛，看着我——我觉得他像是在半睡半醒。

接下来的这天有些让人恼火的事。我在镇子里听说夫人为她的财产而发怒，既然钦托是那个家里唯一活着的人，她要求钦托赔偿她，付钱，要人们把他关进监狱。听说她到公证人家去咨询，公证人肯定给她推理了一个小时。然后她又跑到神父家去了。

神父做得更美。由于瓦利诺死于死罪，他不会希望听到人们在教堂里为他祝福。人们把他的棺材留在门外的台阶上，这时神父在教堂里面对着装在一只口袋里的女人们的四块黑色骨头小声说着话[①]。一切都在将近晚上时偷偷地进行。莫罗奈的那些老妇人，头上戴着面纱，陪着死者走到墓地，一路上采摘着雏菊和三叶草。神父没有来墓地，因为——他再想想——罗西娜也是生活在死罪[②]中。可是这话只有裁缝一个人说，一个饶舌的老妇人。

---

① 这里的四不是个确切的数字。

② 她与瓦利诺同居，算是通奸罪。

第二十八章

伊莱奈没有在那个冬天死于斑疹伤寒。我记得在马厩里或是在犁后面的雨里，在伊莱奈仍处在危险中这段时间，我努力不再诅咒，想着好的方面，为的是帮助她——赛拉菲娜说要这样做。可是我不知道我们是不是帮助了她，也许她在那个神父来为她祝福的那天死去要更好。因为，当她在一月终于出门，人们带着在两轮马车里的极瘦弱的她去卡奈利听弥撒时，那个切萨利诺早就已经去了热那亚，根本就没有问过或是让人问过哪怕一次她的消息。鸟巢也空了。

西尔维亚回来时也有一种巨大的失望，可是，根据所有人的说法，她的痛苦要少些。西尔维亚已经习惯了这种恶意，知道如何对待它并且恢复过来。

她的马泰奥与另一个女人好上了。西尔维亚没有在一月立刻从阿尔巴回来，以至于在莫拉人们开始说如果她不回来，是有原因的——当然了，她怀孕了。那些去阿尔巴的市场的人说克莱瓦尔库奥莱的马泰奥有些天就像一发射击一样骑着摩托车在广场上经过，或者是在咖啡店前经过。他们从来也没有看见他们抱在一起逃走，或者仅仅是相互会面。所以，西尔维亚不能出门，所以她怀孕了。事实是，当她在好季节里回家时，马泰奥就已经为自己弄到了另一个女人，是圣斯泰法诺的咖啡店老板的女儿，他在圣斯泰法诺过夜。西尔维亚牵着桑蒂娜的手从林荫大道回家了：没有人去火车上接她们，她们在花园里停下，采最早开的那些玫瑰。她们在一起低声说话，就像是母亲和女儿，由于走路而脸上红红的。

而这时又苍白又瘦弱，并且眼睛一直看着地面的，是伊莱奈。她就像那些在收获葡萄之后来到牧草地里的秋天的藏红花，或是在一块石头下继续生活着的草。她把头发包在一块红色的头巾里，露出颈子和赤裸的耳朵[①]。埃米利亚说她

① 赤裸的耳朵，大概是说伊莱奈的头发越来越少，已经盖不住耳朵了。

将再也没有以前的头了——现在金发女孩也许是桑蒂娜了，她有一个比伊莱奈更美的头。而桑蒂娜，当她为了让人看她而站在栅栏后面时，或者是在我们当中来到院子里，走在小路上，与女人们闲谈时，已经懂得看重自己了。我问她在阿尔巴人们做了什么，西尔维亚做了什么，而她如果愿意，她就回答说，她们在教堂对面的一幢有地毯的漂亮的房子里，有些天来了先生们，男孩们，女孩们，他们玩，吃甜点心，后来有一天晚上她们和姨妈和尼科莱托一起去戏院，大家都穿得很好，女孩们都到修女们那里上学，来年也许她也要去了。关于西尔维亚的一天，我没有能够知道多少，可是她肯定是和军官们跳过舞。她从来也没有病过。

那些小年轻和以前的女友又开始到莫拉来找她。那年努托去当兵了，我现在是个男人了，再也没有发生过农场管理人抽我一皮带或是什么人说我是私生子。我在周围许多农场被人认识；我在晚上、在夜里来去；我和比昂盖塔说话。我开始明白许多事——椴木和金合欢的气味对于我也有一种意义，现在我知道女人是个什么东西，知道为什么合着舞的音乐使我想在田野里像狗一样乱跑。那扇朝向比卡奈利更远处的那些山丘的窗子，暴风雨和安宁从这里上升，早晨显露出来，它一直是火车冒着烟、前往热那亚的大道经过的地方。我当时知道两年后我也将要登上那列火车，像努托一样。在聚会时我开始和那些与我同年服役的人结成一伙——人们喝酒，人们唱歌，谈论我们那些人。

西尔维亚现在又疯了。阿尔杜罗和他的那个托斯卡纳人又在莫拉出现了，可是她根本就不看他们。她爱上了卡奈利的一个在契约公司[①]工作的会计师，似乎是他们肯定要结婚，似乎是马泰奥先生也同意——会计师骑自行车来莫拉，他是圣马尔查诺的一个金发青年，他总给桑蒂娜带果仁饼。——可是一天晚上西尔维亚不见了。她只是在第二天才回来，带着一捧花。事情是在卡奈利不是只有那个会计师，还有一个美男子，他懂法语和英语，从米兰来，高个子灰头发，是个老爷——听说他买了一些土地。西尔维亚在一幢熟人家的别墅里和他相见，他们在那里用午后茶点。那一次他们在那里用晚餐，她到第二天早晨才出来。会计师知道了这事，想要杀死什么人，可是那个路易去找他，像对个孩子一样对他说话，事情就这么结束了。

这个男人大概有五十岁，有几个已经长大的孩子，我只是曾经远远地看见过他，但对于西尔维亚来说他比克莱瓦尔库奥莱的马泰奥更坏。不论是马泰奥还是阿尔杜罗和所有其他的人，都是我知道的人，是在周围那一带长大的年轻人，也许不怎么好，但算是我们一样的人，和我们一起喝酒，笑，

① “契约”就是这个公司的名字。

和说话。可是这个米兰的人，这个路易，没有人知道他在卡奈利做什么。他给白十字架医院送些中饭，和市长及法西斯党部是好朋友，造访各个机构。他一定是向西尔维亚许诺过要带她去米兰，谁知道什么地方，远离莫拉和那些山。西尔维亚已经失去了理智，在体育咖啡馆等他，他们在书记的汽车上在各个别墅、各个城堡游玩着，一直到了阿奎伊。我想路易对于她来说也就是她和她姐姐可能会对于我来说的东西——也就是后来热那亚或美国对于我来说的东西。在那些时候，我在这方面已经知道了相当多，足可以猜想出他们在一起，并且想象出他们互相说的话——他如何对她说到米兰，说到剧院，说到有钱人和赛马，而她如何眼睛专注、热情地听着，装着什么都知道。这个路易总是穿得像裁缝的模特儿，嘴上叼个小烟斗，有金牙和金戒指。一次西尔维亚对伊莱奈说——埃米利亚听到了——他去英国了，就要回来的。

可是终于有一天马泰奥先生对妻子和女儿们发了脾气。他叫喊着说他厌倦了耷拉着的脸和深夜才睡，厌倦了那周围的大苍蝇[①]，厌倦了在晚上从来也不知道早晨向谁说谢谢，厌倦了遇到一些嘲笑他的熟人。他怪罪继母，怪罪那些懒汉，怪罪那些像娼妓般的女人。他说至少他的桑塔他愿意养大，如果有什么人娶她，他们就结婚好了，可是他们必须走出去，

① 大苍蝇是对那些向女人献殷勤的人的谑称。

回阿尔巴。可怜的人，他老了，再也控制不了自己，也不能下命令了。连朗佐奈都通过核对账目觉察到了。我们所有人都觉察到了。这番发脾气的结果就是，伊莱奈红着眼睛上了床，埃尔维拉夫人抱着桑蒂娜对她说不要听这种话。西尔维亚耸耸肩，一整夜和第二天都在外面。

后来路易的故事也结束了。人们知道他逃走了，留下大量的债务。可是西尔维亚这次像只猫一样转了个身。她去卡奈利到法西斯党部去，她去书记的家，去他们先前享乐和睡觉的那些别墅里，她做了许多事，终于知道他应该在热那亚。于是她带着金子和她找到的那几个钱，乘上了去热那亚的火车。

一个月后，马泰奥先生去接她，这是在警察局回答他她在哪里之后，既然西尔维亚是成年人，他们就不能把她遣送回家。她在布里尼奥莱火车站[①] 的长凳上挨饿。她没有找到路易，没有找到任何人，她想要冲到火车下去。马泰奥先生使她平静下来，对她说这是一场病，一场不幸，就像她姐姐的斑疹伤寒一样，还说所有的人都在莫拉等着她。他们回家了，但这一次西尔维亚真的怀孕了。

---

① 热那亚的一个火车站。

第二十九章

在那些天里来了另一个消息：鸟巢的老妇人死了。伊莱奈什么也没有说，但是人们明白她在发着热，血回到了脸上。现在切萨利诺可以自己做主了，他很快就会让人看到他是个什么人。流传着许多谣言——继承人就他一个，继承人有许多，老妇人把所有财产都留给了主教和修道院。

然而一个公证人来看鸟巢和那些土地。他不和任何人说话，甚至都不和托马西诺说话。他为劳动、收获、种子下了些命令。在鸟巢，他对财产做了清点。当时放假回家收麦子的努托在卡奈利知道了一切。老妇人把财产留给了一个孙女的子女，他们根本就不是伯爵，她指定公证人为监护人。就这样鸟巢继续关闭着，切萨利诺不回来了。

我在那些日子里总和努托在一起，我们谈了许多事，谈热那亚，谈士兵，谈音乐和比昂盖塔。他抽烟，也让我抽烟，他对我说希望我还没有厌倦踩那些垄沟，世界是巨大的，所有的人都有位置。关于西尔维亚和伊莱奈的故事，他耸耸肩，什么也没有说。

伊莱奈也没有就鸟巢的各种消息说任何话。她继续瘦弱和苍白，去和桑蒂娜坐在贝尔波的河岸上。她把书放在膝盖上，看着树木。星期天她们头上戴着黑面纱去做弥撒——继母，西尔维亚，几个女人一起去。一个星期天，在那么长时间之后，我又听到了弹钢琴。

前一个冬天，埃米利亚借给我一本伊莱奈的小说，是卡奈利的一个女孩借给她的。很长时间以来我就想听从努托的建议，学一些东西。我不再是个满足于在晚饭后坐在横木上听人说星星和圣徒们的节日[1] 的男孩了。我靠近火光读了这些小说，为了学习。它们讲的是些女孩，她们有监护人，有姨妈，有敌人，那些敌人把她们关在有一个花园的美丽别墅里，

---

① 在西方国家旧的日历中，基本上每一天都是古代某个圣徒的生日或受难日。

在别墅里有仆人送信，放毒药，偷遗嘱。后来来了个美男子亲吻她，一个骑马的男人，还有在夜里女孩感到透不过气来，她出门到花园里，人们把她带走了，第二天她在看林人的小房子里醒来，美男子来这里救她。或者是故事开始时是一个鲁莽的男孩在树林里，他是一座城堡的主人的私生子，在城堡里发生了一些凶案，一些毒杀案，男孩受到控告，被投入监狱，但是后来一个白头发的神父救了他，并使他和另一座城堡的女继承人结了婚。我发觉那些故事我很久以前就知道了，在加米奈拉，维尔吉利亚向我和朱利亚讲过它们——它们被称为金发美女的故事，她像死人一般睡在树林里，一个猎人通过亲吻她而救了她；长着七个头的魔法师的故事，一个女孩刚刚爱上他，他就变成一个美丽的年轻人，国王的儿子。

我喜欢这些小说，可是伊莱奈、西尔维亚也可能喜欢它们吗？她们是主人，她们从来不认识维尔吉利亚，也没有清扫过牛圈。我明白，努托确实是对的，他曾说生活在一个洞穴里或一座宫殿里是一回事，血在到处都是红的，所有的人都希望自己是有钱人，希望恋爱，希望发财。那些晚上，从比昂盖塔家回到金合欢树下时，我感到满足，我吹口哨，再也不想跳上火车了。

埃尔维拉夫人又邀请阿尔杜罗用晚餐了，他这一次变得狡猾了，把托斯卡纳朋友留在家里。马泰奥先生不再反对了。这是在西尔维亚还没有说她从热那亚回来时是个什么状况，并且莫拉的生活似乎重新变得有点冷淡而惯常的时候。阿尔杜罗立即向伊莱奈献殷勤；头发蒙着眼睛的西尔维亚这时带着一个对什么都不在乎的人的情态看着他，可是，当伊莱奈去弹钢琴时，她就突然离开，去倚在阳台上，或是在田野里散步。她再也不用阳伞了，现在女人们已经露着头到处走了，甚至是在太阳下。

伊莱奈对阿尔杜罗不感兴趣。她温顺而冷淡地对待他，陪着他走到花园里和栅栏边，他们几乎互相不说话。阿尔杜罗一直是老样子，他已经吃掉了他父亲的别的钱，他还向埃米利亚挤眼睛，可是人们都知道除了玩牌和打靶他不值一个小钱。

是埃米利亚告诉我们西尔维亚怀孕了。她比做父亲的和所有人都先知道这事。马泰奥先生得到消息的那个晚上——伊莱奈和埃尔维拉夫人把这事告诉他的——他不是叫喊，而是以一种恶意的神情笑起来，把手放在嘴上。“现在，”他从手指间冷笑道，“你们给他找个父亲。”可是当他要站起来并进入西尔维亚的房间里时，他一阵头晕，跌倒了。从那天起，他就一直是半瘫痪着，歪着嘴。

当马泰奥先生下了床并能走几步时，西尔维亚已经准备好了。她到科斯提约莱的一个助产婆家去清理自己。她没有对任何人说任何东西。事后，人们在两天后才知道她曾经去了哪里，因为火车票还在她的口袋里。她带着箍了黑圈的眼睛和死人般的脸回来——上了床，把床弄得满是血。她死了，没有对神父也没有对别的人说一句话，只是低声地喊着“爸爸”。

为了送葬我们摘掉了花园里和周围农场的所有的花。当时是六月，有许多花。人们埋葬了她，没有让她父亲知道，可是他听到了神父在邻近的房间里念的连祷词，害怕了，竭力说自己还没有死。当他后来由埃尔维拉夫人和阿尔杜罗的父亲支撑着出门来到阳台上时，他眼睛上遮着一顶小帽子，站在太阳下，不说话。阿尔杜罗和他父亲互相替换着，总是在他周围。

现在不再以好眼睛看阿尔杜罗的人是桑蒂娜的母亲。由于老头病了，她不再愿意伊莱奈结婚并带走嫁妆了。最好是她一直留在家里当桑蒂娜的教母，这样有朝一日就会只剩下小女孩做所有东西的主人了。马泰奥先生不再说任何话，只要能让调羹插进嘴里就满足了。与农场管理人和与我们这些人的账都是夫人算，她把鼻子插到所有地方[①]。

可是阿尔杜罗是能干的，并且显得重要起来。现在，伊莱奈要找到丈夫都是他给她的恩惠，因为在西尔维亚的故事之后所有的人都说莫拉的女孩们是妓女。他不这样说，但他变得越来越严肃，越来越严肃，他陪着老头，用我们的马去

① 意思是什么事都要管。

卡奈利办事，星期天在教堂里给伊莱奈的手洒水。他总是穿着深色衣服在这周围，再也不穿靴子了，并且准备着药。还在结婚前就已经从早到晚在这家里了并且在田产中转。

伊莱奈为了离开，为了不再看到山丘上的鸟巢，为了不听到继母抱怨和歪曲事实，接受了他。她在十一月和他结了婚，在西尔维亚死后的一年，由于服丧和马泰奥先生几乎再也不说话，没有举行一次大的庆祝。他们出发去了都灵，埃尔维拉夫人向赛拉菲娜，向埃米利亚倾诉——她永远也不能相信一个她像对待女儿一般对待的女孩竟这样忘恩负义。在婚礼上最美的并且穿着丝绸衣服的人是桑蒂娜——她只有六岁，可是就好像她是新娘。

我在那个春天当兵去了，莫拉的一切对于我不再很重要了。阿尔杜罗回来并开始发号令。他卖掉了钢琴，他卖掉了马和一些天[①] 的牧场。原来以为要去一个新家里生活的伊莱奈重新围着父亲转，为他敷药。阿尔杜罗现在经常在外；他重新开始赌博和打猎和向朋友提供晚餐。下一年，我唯一的那次休假从热那亚来，嫁妆——莫拉的一半——已经被用于结清债务了，伊莱奈住在尼扎的一个房间里，在那里阿尔杜罗打她。

---

① 此处的天是个土地丈量单位，是两头牛拉犁在一个白天所完成的耕田面积。

第三十章

我记得一个夏天的星期天——是西尔维亚活着并且伊莱奈年轻那时候。我当时应该有十七八岁，开始在各个村镇转。是好建议的集市，九月第一天。由于喝茶和访问朋友，西尔维亚和伊莱奈没有能够去——由于我所不知道的什么关于衣服和烦恼的问题，她们不要平常的同伴了，现在她们躺在躺椅上，看着鸽楼之上的天空。我那天早晨好好地洗了颈子，换了衬衣和鞋子，从镇子里回来以便吃口东西然后跳上自行车。努托从前一天开始已经在好建议了，因为他要在舞会上演奏。

西尔维亚从阳台上问我去哪里，她看上去好像是要聊天。她时不时地这样对我说话，带着一种美丽女孩子特有的微笑，在那些时刻我觉得自己不再是个仆人了。可是那天我很急，就像站在刺上一样。为什么我不敢上马车？西尔维亚对我说。我提前到。然后她向伊莱奈喊道："你不也来好建议吗？鳗鱼带我们去，他看着马。"

我不怎么喜欢这样但我必须留在那里。她们下了楼，带着装午后点心的小篮子，阳伞，毯子。西尔维亚穿着一件带花的衣服，伊莱奈穿着白衣服。她们用她们那带高跟的小鞋子上了车，打开阳伞。

我已经好好地洗过了颈子和背，西尔维亚在阳伞下离我很近，发出花的气味。我看见她的小小的玫瑰色的耳朵，为了戴耳环而钻了孔，白色的颈背，而在后面，是伊莱奈的金黄头发的头。她们之间谈着那些来找她们的小年轻，评判他们，并且笑，有一次，看着我对我说，不要听；然后在她们之间猜测谁会来好建议。当我们开始上坡时，我下车到地上，以不使马太累，西尔维亚就抓着缰绳。

一边走着时她们问我一座房子，一个农场，一座钟楼是属于谁的，我知道每一行葡萄的质量，而主人，我不知道他们。我们回过头来看卡罗索的钟楼，我指出莫拉现在处在什么地方。

然后伊莱奈问我是不是确实不认识我的亲人。我回答她说我照样安心地活着；就是在这时西尔维亚从头到脚看着我，非常严肃，她对伊莱奈说我是个漂亮的小伙子，根本不像是这地方的人。伊莱奈为了不伤害我，说我肯定有一双漂亮的手，我立即把它们藏起来。于是她也像西尔维亚一样笑了。

然后她们开始谈到她们的烦恼和衣服，我们就到了好建议，在树下。

那里有乱糟糟的许多果仁饼柜台，小旗子，马车和行李，时不时能听到射击的爆裂声。我把马带到悬铃木的阴影里，那里有供系马的栏杆，我解下马车，松开干草。伊莱奈和西尔维亚喊道："比赛在哪里，在哪里？"可是还早，于是她们开始找她们的朋友。我必须看着马，同时看集市。

时间还早，努托还没有吹奏，但在空气中能听到各种乐器笨拙地吹着，尖叫，喘息，玩笑，每一种都是只顾自己。我找到正和赛拉乌第的那些男孩在喝起泡柠檬汁的努托。他们正在教堂后面的空地上，从那里可以看到对面的整个山丘和白葡萄园，河岸，一直到远处，树林里的那些农场。在好建议的人们是从上面来的，从那些最偏僻的打谷场，和从更远的地方，从那些小教堂，从比芒戈更远的那些村镇，在那些地方只有山羊走的路，并且从来也没有人经过那里。他们坐着运东西的大马车、公共马车，骑自行车，步行，来到集市上。这里满是女孩，老妇人，她们进入教堂，还有男人，他们朝上观看。老爷们，穿得很好的女孩们，系着领带的小男孩们，他们也在教堂门口等着仪式。我对努托说我和伊莱奈和西尔维亚一起来的，我们看到她们在她们的朋友当中笑。那件带花的衣服确实是最美的。

和努托一起，我们去小酒馆的马厩里看马。火车站的古怪人[①] 把我们挡在门口，要我们当警卫。他和另一些人拔开一只瓶子的塞子，那瓶子在地上漏了一半。但不是为了喝。他们把还在嘶嘶作响的葡萄酒倒进一个盘子里，让黑得像个桑葚的拉约罗[②] 舔它，当拉约罗喝完了，他们在它后腿上抽四鞭子，好让它醒过来。拉约罗像只猫一样垂下尾巴猛踢。“放心吧，”他们对我们说，“你们会看到旗子是我们的。”

在这个时刻，西尔维亚和她的那些小伙子来到门口。“如果你们现在已经喝了，”一个总在笑的胖子说，“那就是你们代替马跑了。”

古怪人笑了起来，用红围巾擦擦汗。“应该这些小姐跑，”他说，“她们比我们轻。”

然后努托去为瞻拜圣母的仪式演奏。人们在教堂前排成

① 这是一个人的绰号。

② 一匹参加比赛的马的名字。

一行，于是，圣母像出来了。努托朝我们挤挤眼，吐口痰，用手擦擦嘴，把嘴对上单簧管。他们奏起一个曲子，从芒戈都能听到。

我喜欢在那块空地上，在一些悬铃木当中，听着喇叭和单簧管的声音，看着所有那些跪下的、跑着的人，和圣母在圣器看管人们的肩上从正门出来。然后出来神父们、穿白罩衣的男孩们、老妇人们、老爷们、香火、所有那些在太阳下的蜡烛、衣服的颜色、女孩们。还有那些摆着卖果仁饼的、打靶的、套圈的柜台的男人和女人，所有的人都在悬铃木下看着。

圣母像在空地上巡回一圈，有人放了鞭炮。我看见头发金黄金黄的伊莱奈堵着自己的耳朵。我为自己曾把她们带在马车上，并与她们一起在集市上感到高兴。

我有一刻去把干草重新收集到马嘴下，我停下来看着我们的毯子，围巾，小篮子。

然后是比赛，音乐重新奏起来，这时马进到大路上。我用一只眼一直在寻找着那件带花的衣服和那件白色的衣服，我看到她们在说话和笑，看到要想成为那些年轻人中的一个，要想我也带她们去跳舞，我该付出什么东西。

比赛在悬铃木树下经过两次，向下和向上，马发出一阵就像贝尔波河涨水的响声；一个我不认识的年轻人骑着拉约罗，他低头弓着背，像个疯子一般抽着。我旁边是古怪人，他在咒骂，然后，当另一匹马踏错了一步，像只口袋一样一头栽倒时，他大喊万岁，后来，当拉约罗抬起头一跳起时，他又重新咒骂起来；他从脖子上扯下围巾，对我说："你可真是个杂种[1]。"赛拉乌第的那些人像山羊一样跳着和相互碰头；然后人们开始从另一处发出喊声，古怪人扑倒在草地上翻了一个好大的跟头，头撞在地上；所有的人还在喊叫；奈伊维的一匹马赢了。

这之后，我看不到伊莱奈和西尔维亚了。我自己到打靶处和玩牌处转了转，去到小酒馆听马的主人们说话，他们争吵着，一瓶接一瓶地喝酒，本堂神父竭力让他们和好。有人唱，有人骂，有人已经在吃萨拉米香肠。当然，没有女孩子来这个院子。

在这个时候努托和乐队已经坐在舞会上开始演奏了。在宁静中能听到音乐声和笑声，夜晚凉爽和明亮，我在那些棚子的后面转着，我看到口袋布的屏风被立了起来，年轻人开玩笑，喝酒，有人已经掀起柜台的那些女人的内衣了。男孩们互相喊叫，互相抢果仁饼，引起轰动。

我去看人们在大帘子下的台子上跳舞。那些赛拉乌第的人已经在跳了。还有他们的姐妹们，可是我停在那里看，因

---

① 这是他讲的粗话，并不是在骂鳗鱼。

为我在寻找带花的衣服和那件白色的衣服。我看见她们两个人在电石气灯的亮光处和那些年轻人抱在一起，脸靠在肩上，音乐响起来，带动着她们。“是努托，”我想。我去到努托的长凳下，让人给他的杯子倒满酒，也给我倒满酒，就像给演奏者们倒酒一样。

后来西尔维亚找到躺在草地上、靠近马嘴的我。我躺在那里，在悬铃木树当中数着星星。我突然在我和天穹之间，看见她的欢快的脸，带花的衣服。“他在这里睡觉。”她喊道。

于是我跳起来，她们的那些年轻人发出喧闹声并希望她们继续留在那里。远处，在教堂后面，一些女孩在唱歌。一个人提出要步行送她们。可是还有别的小姐，她们说：“那我们呢？”

我们在电石气灯光下出发了，然后，在下坡路的黑暗中我慢慢地走着，听着那些木鞋声。

教堂后面的那合唱队一直在唱着。伊莱奈把自己裹在一条围巾里，西尔维亚一直在谈着人们，谈着那些跳舞的人，谈着夏天，批评所有的人，并且笑着。她们问我是不是我也有自己的女孩子。我说我一直和努托在一起，在看着演奏。

后来在快到转弯处时西尔维亚安静下来，有一刻，把头放在我的肩上，对我微笑一下，对我说希望我在赶车时让她就这样。我执着缰绳，看着马的耳朵。

第三十一章

努托把钦托带到自己家里，以便让他当木匠并教他演奏。我们谈好，如果这孩子有前途，到时候我将为他在热那亚找个工作。另一个要决定的事就是：把他带到亚历山德里亚的医院去，让医生看他的腿。努托的妻子抗议说在萨尔托的家里已经有太多的人了，还有伙计和工作台，再说她不能照顾他。我们对她说钦托是懂事的。可是我还是把他拉到一旁，对他解释说，要注意，这里不像加米奈拉的大路——在店铺前面，经过着朝卡奈利去和从那里来的小汽车，大卡车，摩托车——在过马路时总要看看。

就这样钦托找到了一个可在那里生活的家，而我必须在第二天出发去热那亚。我在早晨经过萨尔托，努托盯着我，对我说：“那么，你走了。你不回来收葡萄了？”

“也许我要上船，”我对他说，“下一年集市时我回来。”

努托拉长嘴唇，就像他平常做的那样。“你住的时间短，”他对我说，“我们还没有说话呢。”

我笑了。“我甚至为你另找了一个儿子……”

我们从桌边站起后，努托下了决心。他抓起外套，朝上看着。“我们走过去吧，”他小声说，“这是你的家乡。”

我们穿过那行树，贝尔波河的那座便桥，我们走到在金合欢当中的加米奈拉的大路上。

“我们不看看那房子吗？”我说，“瓦利诺也是个基督徒[①]。”

我们走上小路。这是一个由空空的黑色的墙构成的骨架，现在在葡萄树行的上方可以看到核桃树，非常巨大。“只有树木留了下来，”我说，“瓦利诺花力气修剪是应该的……河岸胜利了。”

努托沉默着，看着满是石头和灰的院子。我在那些石头间转着，连地窖的洞也找不到了——瓦砾已经把它堵住了。在河岸上，一些鸟发出喧闹声，有一只在葡萄藤上自由地飞

① 意思是他再怎么有过错，终究还是一个人。

来飞去。“我吃一个无花果，”我说，“不再伤害任何人了[①]。”我摘了无花果，我又辨认出了那种味道。

“别墅的夫人，”我说，“她也许能让我们把它吐出来。”

努托沉默着，看着山丘。

“这些人也死了，”他说，“从你离开莫拉那时起，多少人都死了。”

于是我坐在横木上，这还是原来的那根，我对他说在所有死去的人中，我都不能把马泰奥先生的女儿们从我头脑中去掉。“不说西尔维亚了，她死在家里。可是伊莱奈和那个流浪汉……受着苦，就好像一直都在受苦……还有桑蒂娜，谁知道桑蒂娜是怎么死的……”

努托在玩着一些石子，向上看了看。“你不希望我们到加米奈拉的上面去吗？走吧，还早。”

于是我们出发，他在那些葡萄园的小路上走在前面。我又认出了那白色的干枯的土地；小路上被压扁的光滑的草；山丘的和葡萄园的那种粗糙的气味，这在太阳下已经发出葡萄收获的味道了。在天空中有一些长长的风的条纹，白色的丝，看上去就像夜里在星星背后的黑暗中看到的漂浮物。我想明天我将是在科西嘉路了，在那个时刻我觉察到大海也有着流水的那种皱纹，并且当我是个孩子时，看着云和银河时，在

① 以前，因为瓦利诺太穷，在他这里吃点喝点什么都是损害他。

不知不觉中，我已经开始了我的旅行。

努托在悬崖边上等着我，说："你，二十岁时的桑塔，你没有看见她。值得看，值得。她比伊莱奈更美，她有像罂粟花心一样黑的眼睛……可是，一个娼妓，一个坏透的娼妓……"

"她有那种结局是可能的……"

我停下来向下看着山谷里。在童年时我从来没有上到这上面。可以远远地一直看到卡奈利的那些小房子，还有火车站和卡拉芒德拉纳的黑色的树林。我明白努托就要告诉我什么东西——不知道为什么，我想起了好建议。

"以前和西尔维亚还有伊莱奈，我们去过那里。"我泛泛地说着，"在马车上。那时我是个孩子。从那上面能看到那些最远的村镇，农场，院子，一直到窗子上的那些铜绿斑。那时有赛马，我们所有的人好像都疯了……现在我根本想不起来谁赢了。我只记得山上的那些农场和西尔维亚的衣服，玫瑰色和紫色的，带着花……"

"桑塔，"努托说，"也有一次让人陪着她去布比奥的集市。有一年，她只在我演奏时来跳舞。那时她母亲活着……当时她们还住在莫拉……"

他转过脸说："去吗？"

他又领着我走过那些高地。他不时地朝周围看，寻找一条路。我想正如一切都是老样子，一切最后总是相同的——我看到努托在一辆马车上带着桑塔走过那些山去往集市，就像我曾经和她的姐姐们做的那样。在葡萄园上的凝灰岩中，我看到最初的那个小洞穴，就是那种人们在里面存放锄头的洞，或者说是那种如果有泉水，在黑影里，在水上，就有铁线蕨的洞。我们穿过一片枯瘦的葡萄园，园里满是蕨类和那些就像是山里长的有着坚硬树干的黄色小花——我一直就知道人们嚼碎这种花，然后把它涂在擦破的皮肤上，以便使伤口愈合。山丘一直在往上：我们已经走过好几个农场，现在我们已经到了外面。

“真的应该告诉你，”努托突然说，也不抬起眼睛，“我知道人们怎么杀死她的。我当时也在场。”

他走到围着一个山顶转的几乎是平的大路上。我什么都不说，让他说话。我看着路，当一只鸟或一只大胡蜂朝我猛冲过来时，我几乎头都不转。

曾经有一个时候，努托讲述道，当他由电影院后面的那条路去往卡奈利时，他向上看看那些小窗帘是不是在动。人们关于这说了很多。尼科莱托已经住在莫拉了，桑塔不能忍受他，母亲刚一死，她就逃到卡奈利，为自己弄了个房间，当了教员。可是以她那种类型，她很快就找到办法使自己在法西斯党部被雇佣了，人们说到一个正规军的军官，人们说到一个市长，说到书记，人们说到了那周围所有最坏的家伙。她头发那么金黄，人那么机灵，她的工作——即使不是那个群体——也就是坐上汽车在全省转，去各个别墅里、老爷们的家里吃晚饭，去阿奎伊的温泉疗养所。努托尽力不在路上看到她，可是从她窗下经过时，他抬起眼睛看窗帘。

后来，随着四三年夏天的到来，对于桑塔来说，美好生活也结束了。一直在卡奈利听消息和带消息的努托，再也不朝窗帘抬起眼睛了。人们说桑塔和她的那个分队长[①]逃到亚历山德里亚去了。

然后九月来了，德国人回来了，战争回来了——士兵们来到家里躲藏起来，他们化了装，挨着饿，赤着脚，法西斯分子们整夜开枪，所有人都说："早知道会落到这个地步。"共和国开始了。一天努托听人说桑塔回到了卡奈利，她在法西斯党部又找到了工作，她醉酒并和黑色旅们上床。

---

① 是法西斯武装组织的分队长。

第三十二章

他不相信这事。一直到最后他都不相信这事。他有一次看到她在桥上走过，她从火车站来，穿着一件灰色的皮衣和一双衬着毛绒的鞋子，眼睛因为寒冷而欢快。她拦住他。

“在萨尔托怎么样？你经常演奏？……哦努托，我害怕你也在德国……那边一定很苦……他们让你们安静吗？”

在那个时期穿过卡奈利总是一件冒险的事。有巡逻队，德国人。而一个像桑塔那样的女孩是不会在路上和一个努托说话的，即使不是在战争时期。他那天并不安心，他只对她说是和不。

后来他又在体育咖啡馆看见了她，她自己走出门口时在那里喊他。努托留意看着那些进去的脸,但那是个平静的上午，一个有太阳的星期天，人们去做弥撒。

“当我这么高时你看见过我,”桑塔说,“你相信我。在卡奈利有些坏人。如果他们能的话，他们会烧死我……他们不希望一个女孩过一种不是笨蛋过的生活。他们也许希望我也有伊莱奈的结局，希望我吻一只打了我一耳光的手。可是我咬那只打我耳光的手……一些连做无赖的本领都没有的小人……”

桑塔抽着在卡奈利找不到的香烟，她递给他。“拿吧,”她说,“全拿去。你们许多人都应该抽烟，在那上面……”

“你看这是怎么了,”桑塔说,“由于我曾经认识了某个人，做了疯女人，连你也在我走过时转身看橱窗了。可是你认识妈妈……你知道我是什么样……你曾经带我去集市……你相信我就没有生过以前那些胆小鬼的气？……至少这些人在为自己辩解……现在轮到我活着并吃他们的面包，因为我的工作我一直在干着，从来没有人养着我，可是如果我想要说我的事情……如果我失去耐心……”

桑塔对着大理石的小桌子说这些话，一边看着努托，没有微笑，用那张娇嫩和无耻的嘴和那双受到伤害的湿润的眼睛——就像她的姐姐们一样。努托竭力想要明白她是不是在说谎，最后他对她说是时候了，必须做决定了，或者在这边或者在那边，他就已经做了决定，他和逃兵，和爱国者，和共产党人在一起。他本应该要求她在敌人指挥部里为他们做密探，可是他没敢——使一个女人处在这样的危险中，并且是使桑塔，这种想法他不能有。

可是桑塔有这想法，她告诉了努托许多关于军队、关于指挥部通报、关于共和国分子们说的话的消息。另一天她派人告诉他不要来卡奈利，因为有危险，果然德国人抢劫了各个广场和咖啡馆。桑塔说她不冒任何风险，因为是那些过去认识的胆小鬼来她家里倾诉，即使不是为了她能够这样送给爱国者们的消息，他们也会打她耳光。法西斯分子们在悬铃木下枪毙那两个男孩并把他们像狗一样留在那里的那个早晨，桑塔骑自行车来到莫拉，又从那里到萨尔托，与努托的母亲说话，对她说如果他们有一支长枪或一把手枪，就把它藏到河岸上。两天后，黑色旅过来了，把整个房子都抛到了空中[①]。

终于有一天桑塔抓住努托的臂膀，对他说她再不能这样下去了。她不能回莫拉，因为尼科莱托是不可忍受的，而卡奈利的职业，在所有那些人死去之后，激怒了她，使她失去了理智：如果这种生活不立即结束，她就把手伸向一把手枪，

① 意思是翻遍了整个房子。

朝什么人开枪——她知道朝谁——也许是朝她自己。

“我也要到山上去，”她对他说，“可是我不能。他们一看见我就会对我开枪。我是法西斯党部的那个女人。”

于是努托把她带到河岸上，让她见营房[①]。他对营房说了她已经做过的所有的事。营房听着，一边看着她。当他说话时，只说：“你回卡奈利。”

“可是，不……”桑塔说。

“你回卡奈利，等命令。我们会给你命令。”

两个月后——在五月末——桑塔从卡奈利逃走，因为人们通知她说他们来抓她了。电影院的老板说来了一支德国人的巡逻队搜查她的家。在卡奈利所有人都在谈这事。桑塔逃到山里和游击队员在一起了。努托现在偶尔能从在夜里经过交给他一项任务的人那里知道她的消息，所有的人都说她也带着武器到处走并且让人对她尊重了。如果不是为了年老的妈妈，为了家——因为他们会烧他的家——努托自己也会到连队里去帮助她。

可是桑塔不需要他的帮助。当六月的扫荡发生时，在那些小路上死了好多人，桑塔整整一个夜晚与营房在苏贝尔加[②]后面的一个农场里进行自卫，她出来到门口朝那些法西斯分

---

① 原文作 Baracca（营房），可能是这个游击队指挥官的外号。

② 都灵以东十公里处的一个村庄。

子喊，说她一个一个地认识他们所有的人，她不怕他们。第二天早晨，她和营房逃走了。

努托低声说这些事，不时停顿下来，看看周围；他看着庄稼的茬，空的葡萄园，重新开始向上的山坡；他说："我们去那里。"现在我们到达的地点，从贝尔波河根本看不见；所有的一切都是小小的，被雾罩着的，遥远的，在周围只有山脊和巨大的山顶在远处。"你以前知道加米奈拉是这么开阔吗？"他对我说。

我们在一处葡萄园的尽头停下，在一块被金合欢保护着的盆地里。有一个黑色的被拆毁的房子。努托匆忙地说："这里原来有游击队员。德国人烧掉了农场。

"两个小伙子一天晚上来萨尔托接我，他们带着武器，我认识他们。我们走了今天的这条路。我们走路时已经是夜里，他们不肯告诉我营房想要什么。从那些农场下面经过时，狗在吠，没有人动，没有灯光，你知道在那个时候是什么样。我感到不安。"

努托看见了在门廊下点着灯。他看到一辆摩托车在院子里，还有一些毯子。几个小伙子，不多——他们在下面的那些树林里扎营。

营房对他说，他让人喊他来是为了给他一个消息，坏消息。有证据证明他们的桑塔在做密探，六月的扫荡就是她指导的，尼扎的委员会是她弄垮的，甚至一些德国俘虏把她的信件带到法西斯党部，向他们标记出物资储备的位置。营房是库奈奥[1]的一个会计师，一个能干的人，曾经也去过非洲，说话不多——他后来和在黑房子被杀的那些人一起死了。他对努托说，可是他不明白为什么在扫荡的那天夜里，桑塔要和他一起自卫。“也许是因为你对她好。”努托说，但他感到绝望，声音在发抖。

营房对他说，桑塔只对她愿意好的人好。就是这也已经发生了。由于嗅到危险，她作出了最后的一个举动，带走了最好的小伙子中的两个人。现在的问题是要在卡奈利抓住她。已经有了书面命令。

“营房把我留在山上三天，一方面是为了尽情地向我谈桑塔，另一方面是为了确定我没有参与到这件事里。一天早晨桑塔回来了，被陪送回来的。她不再穿着那几个月穿着的风衣和长裤。为了从卡奈利出去，她又穿上一件女人的衣服，一件夏季的浅色衣服，当游击队员们在加米奈拉的山路上将她拦住时，她从云上跌落下来[2]……她带着一些关于共和国通报的消息。没有用了。营房当着我们的面向她清算有多少人由于她的煽动而逃离，我们损失了多少物资，她使多少个小伙子死了。被解除了武装、坐在一把椅子上的桑塔在听着。她用受到伤害的眼睛盯着我，竭力收集我的目光……于是营房向她读了判决书，命令两个人将她引到外面。那些小伙子

① 皮埃蒙特大区的城市，在卡奈利西南大约七十公里。

② 意思是感到惊讶，不知所措。

比她更感到惊讶。他们以前一直看见她穿着短外套系着皮带，无法相信现在把穿着白衣服的她抓在手里。他们把她引到外面。她在门口转过身，看看我，做了个撒娇的脸，就像婴儿一样……可是在外面她试图逃脱。我们听到一声号叫，听到跑，还有一阵再也结束不了的冲锋枪射击。我们也出去了，她躺在金合欢面前的那片草上。”

我比努托更多地看到营房，那个被绞死的人。我看看农场黑色的破败的墙，看看周围，问他桑塔是不是就被埋在那里。

“就不会有一天他们意外地找到她吗？他们已经找到了那两个[①]……”

努托在矮墙上坐下，用他固执的眼睛看看我。他摇摇头。“不，桑塔不会，”他说，“他们找不到她。一个像她那样的女人不能就这样被用土盖着放在那里。她仍然会使太多的人流口水。营房想到了这事。他让人在葡萄园里摘了好多枝蔓，我们往她身上盖，直到感觉足够了。然后我们给那里倒上汽油，点了火。到了中午她已经完全成了灰。第二年这里还有痕迹，就像是一堆篝火的底子。”

四九年九月至十一月

---

① 此处的“他们”是指那些倾向于法西斯的人。“那两个”指前面提到的那两个共和国密探。

译者的话

大前年，刘玉诚先生（瓦当）约我翻译意大利当代诗人帕韦塞的《月亮与篝火》。收到意大利文原书复印件时，我感到很失望：我盼望能有机会翻译一本“大书”，而这本书，正文不到二百页，每页文字也不拥挤，译成中文，估计十万字都不到（最终，电子文档字数为八万四千多）。

但在翻译过程中，我越来越感觉到这是一部真正的大书，一部伟大的书。这样一部伟大杰出的作品，我根本不配对它作什么评价。

如果把翻译过程当成一次阅读，再把几遍校订也算作阅读，可以说，我一共看了四五遍。但这四五遍阅读只让我感到我对它几乎就没有认识。要想掩盖自己的浅薄无知，最好的选择就是不对这作品作任何评价。

因此，这里我只说一点自己的感受。

翻译所据的原文是英国曼彻斯特大学出版社的 Italian Texts 丛书本，这套丛书可能是为英国大学生阅读意大利原文作品而从许多作品中选择出来的。与这本书并列的几部意大利文作品有：

薄加丘:《十日谈》(选)

皮兰德娄:《一年的小说》

皮兰德娄:《亨利四世》、《六个寻找作者的剧中人》、《罐子》

西洛内:《丰塔马拉》

《二十世纪小说》(选集)

《意大利妇女作品选》

只要看到并列的都有些什么作品，就可知道这本书在英国研究者眼中的重要性。

在译这本书之前，我只知帕韦塞是位以诗著称的作家，也写过长篇和短篇小说，曾经在艾瑙迪出版社做过编辑。他还是翻译家，译过许多英文的作品。他自己的作品译为中文的很少。

《月亮与篝火》写成于一九四九年，距今已有六十多年，但一直未有中文译本问世，我想，这可能与这本小说比较独特的手法有一定关系。

我所根据的这个版本有一篇由杜格·汤普森写的英文的导言，导言说，这本小说的结构像一幅拼图。但我想补充说一点，我们通常玩拼图时，如果有那张整幅图画作参照，则摸到每一小片时，都会对照全图，找到这一小片在整幅图画中的位置。如果没有整幅图画作参照，则要在拿到每一小片时，想想它会是整幅图画中的哪一个局部，它与刚刚摆放好的那一片或那几片有什么联系。而在拼这本小说的拼图时,我建议,读者完全不必让自己这么累,只管看着作者一小片一小片地摆出故事的各个局部,不必去想这一片段那一片段讲的是哪个时代,哪个场景,等到作者把所有的小片都放完了,我们自然也就看懂了整个故事。

看完整个故事之后,我们也许会感觉这本在两三个月的时间里(小说最后注明写作时间为四九年九月至十一月)写出的小说,竟像是在一天之内一挥而就的。

这本小说在有些地方采用的手法完全可以让我们把作者视为现代电影的先驱,例如鳗鱼进到自己当年住的院子时,看到钦托,他感到是看到了当年的自己,而当瓦利诺的小姨子和岳母出现在门口,他说他看见了现在的安乔利娜和朱利亚。其实他根本没有看见过长大了的安乔利娜和朱利亚,等他知道她们在哪里时,她们早已死了。又例如他看到卡奈利的广场上的集会,感到一切都和过去一样,现在活动在广场上的人就是当年的那些人,而自己此时正像当年一样,带着第一个月的工资冲进集市。突然,他感到自己又是处在当前,因为所有的人都是他不认识的人。这种感受,显然与回忆不是一种东西。但如果电影真的将这些场面制造了出来,我们可能又会觉得电影所表现的只是作者的这些文字所能给人的无限想象中的很少一部分,就像劳伦斯·奥立弗表演的哈姆雷特再丰富,也只是莎士比亚用文字表现的哈姆雷特的一个很小部分，电影的哈姆雷特对人们理解文字的哈姆雷特固然具有非同寻常的启发作用，但他不可能也不应该代替文字的哈姆雷特。

帕韦塞是个诗人，在小说中，他的思想有着诗的跳跃，语言也有着诗的语言的一些特点。有时会突然出现一句看似与前面和后面的句子都没有什么联系的句子。遇到这种情况，我只能忠实地按照字面直译出来，因为，如果我自己都没有看出什么联系，我当然无法写出什么联系；而如果我说我看出来了，那也只是我以为自己看出来了，可能作者根本就没有这个意思，我如果写出来，只会误导读者。这种看似与上下文毫无联系的句子，其实不过是用文字记录下的我们每天都会遇到不知多少次的与背景似乎没有任何联系的闪念。如果我们试着将自己在一个不长的时间段内的思想状态丝毫不差地用文字记录下来，就会发现，即使是在短暂的时间内，出现的莫名其妙的句子也会远远多于这本小说中出现的这类与上下文毫无联系的句子。

这本小说中的句子一般比较短，这可能也是诗的语言的特点。但有时，作者会重复使用相同的词，会写出长达四五行的长句来。我想，用语如此简洁、精练的作者，使一些词重复出现，或是写出长句子，一定有他不得不如此做的道理。因此，这些重复的词，我让它们在译文中仍然重复地出现，而长句子，在不犯语法错误的前提下，我也将它译成长句。如第一章的：这些葡萄园也朝着卡奈利，朝着铁路的方向，朝着从晚到早沿着贝尔波河奔跑，使我想到奇迹，想到车站和城市的火车的汽笛方向降落下来。如果缩减成简单句，也就是：这些葡萄园朝着卡奈利，朝着铁路的方向，朝着火车汽笛方向降落下来。但这样一来，火车的运动就没有了。还有第十六章的那一句：那老女人小小的，脸就像女人在摇篮上哼曲子时握着拳头低声嘟噜的幼儿的拳头一样大。如果将这句里对幼儿的修饰语“女人在摇篮上哼曲子时握着拳头低声嘟噜”抽出来，变成一个独立的句子，不论放在这一段的什么地方，我觉得都是不合适的。

这样的长句可能会显得有点欧化，让人觉得不符合汉语的习惯。其实，如果对照一百多年前的白话作品，我们甚至可以说，所谓的现代汉语几乎就是另一种语言。之所以这样，就是因为这一百多年来，汉语白话吸收了大量欧化、日化的因素。如果为了所谓汉语的“纯正”，排斥欧化、日化成分，将这些东西来一个大清算大清除，可能所有的中国人，不要说写作，就是说话，都会感到相当困难。

这本小说讲了那么多的事，写到了那么多的人，如果让现在那些制作电视剧的大腕来处理，足可以拍出长达一百集的连续剧。但令人吃惊的是，这本小说的意大利文原文只有一百七十八页。通常我们判断一部译稿，首先看它是不是漏译了原文中的什么东西，而对于它是不是添加了原文中没有的东西，则不太关注。这本书原文的文字可以说是少到不能再少了，如果把这少到不能再少的文字里的什么东西漏掉不译，这肯定是不对的。但如果因为原文的文字少，就在翻译过程中添加点什么东西，在从未接触和接受过任何翻译理论的我看来，这与漏译同样不应该。从译第一个字开始，我就决定要以最朴素的语言，以尽可能少的字，忠实地翻译此书。一直到翻译结束，我都认为，这个在一开始就有的想法是正确的和应当坚持的，并且，我认为自己是对得起原作者的。

《现代汉语词典》（第五版）说地主是“占有土地，自己不劳动，依靠出租土地剥削农民为主要生活来源的人”。我们过去接受的有关阶级和阶级斗争的教育也说，剥削阶级与被剥削阶级互相敌视，界线分明，没有相同的价值观。文中的马泰奥先生其实就是地主。但马泰奥先生和他的两个女儿却是都亲自劳动的。为马泰奥先生家做短工的鳗鱼没有对这一家地主表示阶级仇恨，反倒觉得在莫拉的那几年是自己的一段幸福时光。他对马泰奥先生怀着敬重，并且从心底里喜欢马泰奥先生的女儿们。他对马泰奥先生一家的关心远远多于对自己的养父（即教父）和安乔利娜与朱利亚的关心。鳗鱼的一个愿望就是，从美国回来，面对着老头子（即马泰奥先生）和他一家人（包括那狗）的眼光，说“我回来了”。努托毫不客气地指导伊莱奈弹奏音乐，还与桑蒂娜像朋友一样说话。鳗鱼和努托鄙视和仇视尼科莱托，并不是因为尼科莱托是地主家的成员，而是因为他不劳动，愚蠢自私。

正文前的地图是原书中就有的。现在，网上有更加详细的地图，这对阅读的帮助就更大了。另外，还可在网上查找与这本书有关的卡奈利一带的风景，看到莫拉、鸟巢、萨尔托的房子、加米奈拉山丘等等的照片。人名、地名表是我在翻译过程中编的，是为了理清各种关系，但是并不全。

最后，我要感谢意大利语界的前辈刘儒庭老师，他向刘玉诚先生推荐了我。感谢向我约稿的刘玉诚先生，他给了我这个见识这部伟大作品的宝贵机会。还要感谢出版社的各位领导和编辑，他们对我的译文表现了极大的宽容。

译者

二零一二年五月于南京